LA PIEDRA BLANDA

RODRIGO CORTÉS

quiso ser pintor, escritor y músico; hoy lo hace todo a la vez al dedicarse al cine. Ha trabajado con actores de la talla de Robert de Niro, Sigourney Weaver, Cillian Murphy, Ryan Reynolds o Uma Thurman. Como escritor, publica a finales de 2013 *A las 3 son las 2*, colección de antiaforismos, delirios y bombas de mano, y, un año más tarde, *Sí importa el modo en que un hombre se hunde*, su primera novela. En 2016 aparece su nuevo libro de breverías, *Dormir es de patos*, y en 2021 publica *Los años extraordinarios*, su segunda novela. Firma para el diario *ABC* la sección *Verbolario*, diccionario satírico que inspira su quinto libro, de igual título, y escribe de forma habitual en su tercera página. En 2024 publica *Cuentos telúricos*, su primera antología de cuentos y su sexto libro. Habla de cine, literatura y música en *Aquí hay dragones* y *Todopoderosos*, los dos podcasts más escuchados del momento.

TOMÁS HIJO

ha ilustrado casi un centenar de libros y ha escrito un puñado de ellos. Es el cocreador del Tarot del Toro (en colaboración con Guillermo del Toro) y de otras barajas de tarot ambientadas en los mundos de Tolkien, George R.R. Martin y Jim Henson. Además, ha contribuido en el apartado gráfico de películas de Guillermo del Toro y Rodrigo Cortés; ha diseñado piezas para Netflix, Valve o Bethesda y ha ejercido de profesor de Ilustración y Diseño en un par de universidades. Su técnica creativa principal es el grabado y su obra se ha expuesto en galerías de Estados Unidos y Europa. En 2015 fue galardonado con el Best Artwork Award de la Tolkien Society.

LA PIEDRA BLANDA

PALABRAS DE
RODRIGO CORTÉS

GRABADOS DE
TOMÁS HIJO

RANDOM HOUSE

PIEDRAS, JILGUEROS Y HERRAMIENTAS PEQUEÑÍSIMAS

POR TOMÁS HIJO

Oí hablar por primera vez de *La piedra blanda* en Salamanca, en una isla pequeña y llena de árboles. Aún no se llamaba *La piedra blanda* y no tenía la forma que tiene hoy, ni ninguna otra. En aquel momento no era más que una idea muy vaga, un «tenemos que hacer algo juntos» que propuso Rodrigo y que remató con una cita inventada de *Los caballeros del Zodiaco* que no consigo recordar, pero que (casi seguro) decía algo del poder de la espada de no sé qué.

No iba a ser la primera vez. Rodrigo y yo ya habíamos echado unas cuantas horas trabajando en el storyboard de *Concursante* en torno a una mesa de estilo africano. Pero la cosa ahora iba por otro lado. Como un rato antes habíamos visitado una exposición de mis grabados, estaba claro que la cosa apuntaba a un trabajo de mayor vuelo creativo. Durante aquel paseo invernal por la isla de los árboles (que son, creo, los mismos que hay en el libro) tratamos de imaginar caminos y posibilidades. Y eso fue todo, por el momento.

Poco después, en un bar de Madrid, Rodrigo me mostró el primer borrador de su idea. Lo leí mientras él se zampaba una tostada enorme. El texto estaba lleno de misterios contados con franqueza y de imágenes deslumbrantes invocadas como cosas corrientes. Hay una emoción inconfundible (pero difícil de describir) que aparece cuando te encuentras con algo así: una impaciencia, una sensación casi física de necesidad, de ganas de agarrar un lápiz y de escuchar cómo la punta rasca el papel mientras las ideas toman forma. Es una emoción que suele aparecer ante las ocurrencias propias; sólo de vez en cuando ante las ajenas. Ahí apareció. «¿Seguimos?». «Claro que seguimos». La promesa se cerró con la misma cita de *Los caballeros del Zodiaco* (¿o era de *Masters del Universo*?) que lamento no recordar. Salimos hacia la emisora (se iba a grabar un episodio de *Aquí hay dragones*) y me llevé la idea de que íbamos a hacer algo parecido a un pliego de cordel, un grabado narrativo del estilo de los que usaban los ciegos en sus cantares. Tal vez dos pliegos. Algo hermoso y pequeño. Algo que tendríamos listo en un par de semanas, tal vez un mes.

Me equivocaba: los mensajes más antiguos que conservo sobre este asunto son de hace cinco años.

En todo este tiempo, es verdad, Rodrigo y yo hemos recorrido muchos caminos distintos, y también es verdad que *La piedra blanda* siempre ha estado ahí. Le hemos dedicado largos ratos en bares de copas y de los otros, chiringuitos (siempre fluviales) y restaurantes (casi siempre japoneses). Hemos hecho videoconferencias y escrito interminables hilos de WhatsApp. La piedra, durante todo ese tiempo, ha ido puliéndose poco a poco y, cosa extraña para una piedra, ha ido creciendo y cambiando.

No sé si, en este trabajo a cuatro manos, Rodrigo ha seguido su método habitual. Sea como sea, trataré de explicarlo desde la posición privilegiada de un compañero de pupitre. Es más o menos así: Rodrigo entra en la sala con un cubo de piezas de madera de colores. Las derrama en el suelo y, con entusiasmo y una alegría genuina y poco común, va levantando su castillo. No hay manual de montaje, ni plano previo. Apila caprichosamente, derriba, recoloca y, en todo momento, parece divertirse muchísimo. Intenta llegar más alto, sin preocuparse de que la pila se tambalee desde hace rato. Pone piezas al revés, a ver si aguantan. Celebra los hallazgos y les hace fotos con el teléfono; apunta cosas (en el móvil también). Se va, vuelve, habla con una señora que pasa, se da un paseo con una pieza que no encaja en el bolsillo...

Cuando considera que el castillo está acabado, sale de la habitación muy contento. Vuelve a entrar, y el que regresa es otro Rodrigo. Lleva una lupa de muchos aumentos, una regla de acero y un montón de herramientas pequeñísimas. Se sienta junto al castillo, muy serio, y empieza a trabajar, porque antes estaba jugando. Y mueve una pieza medio milímetro, y manda otra a Alemania para que la repinten con una pintura especial que sólo tienen allí, y le pide al portero que baje un grado la calefacción, porque la madera se expande microscópicamente y así no hay manera de hacer las cosas bien. Algunas veces quita una pieza, o la cambia de sitio, o la quema en la chimenea. Como este castillo lo hemos levantado juntos, se da el caso de que algunos de esos bloques los había puesto yo. Y me enfado un poco. Pero a él le da igual y, al fin y al cabo, uno se da cuenta de que sus herramientas tratan con igual rigor cada parte del castillo. Es más, las piezas que arden más frecuentemente son las suyas. No hay un detalle que escape a la lupa. Por ser más concreto, juro que ha llegado a cuestionar la longitud de una tilde. Tenía razón, pero, oiga, era una tilde. No sé si me explico.

Cuando acaban los ajustes, las quemas y el repintado, tras un proceso larguísimo y concienzudo, el castillo de bloques es todo lo perfecto que puede llegar a ser. Y uno se queda sorprendido de lo bonito que se ve desde cualquier ángulo. Y, en mi caso, me doy cuenta de que ahora tengo también una lupa en la mano y de que, a partir de ese momento, pienso utilizar algunas (todas no, todas es imposible) de las herramientas minúsculas de Rodrigo. Porque en el proceso no se las ha guardado, sino que las ha compartido en todo momento con su compañero de pupitre. Y siempre lo ha hecho con el mismo entusiasmo generoso con el que las ha estado utilizando él.

No ha sido mal viaje, la verdad. Ahora, el trabajo está terminado y Pedro de Poco sale a contar su historia. Habrá que organizar una presentación en la isla de los árboles. Es una isla muy bonita, y me parece que allí hay muchos jilgueros. Seguro que tenemos para todos.

LA PIEL HERIDA
POR RODRIGO CORTÉS

Tiene Tomás la bonhomía y configuración del artesano con delantal y la pericia del artista eximio que no se llama a sí mismo —pero se intuye— singular, es decir: único. Trabajar con Tomás es, por tanto, trabajar con gratitud; a la vida y a quien de toda palabra reconoce su sonido y de cada sonido el eco, que Tomás traduce, tal es su poder, en formas, en curvas hechas de rectas, en montes surcados de desfiladeros, en un único color que en realidad son dos, el sí y el no, tallados ambos en tocones que se dirían distraídos —invocados— del medievo. Porque Tomás no dibuja, o no dibuja sólo, o dibuja y ya veremos, o dibuja a cucharadas, o a florete, o dibuja muchas veces y sólo la última queda, o dibuja al revés y del revés. O dibuja a (minucioso) hierro.

Me explico.

Cuando Tomás —maese Tomás por derecho propio— bosqueja, lo hace como todo el mundo, con el lápiz, de cuya punta salen los óvalos de los que se compone, por lo visto, el mundo, a los que va añadiendo ojos, dedos, plumas, pelos, pájaros enteros, árboles repletos de hojas y hojas repletas de nervios, que es lo primero que te enseña. «¿Las ves?». Y tú claro que las ves, las hojas, las rocas, las nubes…, porque Tomás hará óvalos, pero son óvalos de los buenos. Luego le saca punta al lápiz y corrige o afina los contornos, ajusta la expresión, el ademán, la distancia, el tamaño, el ángulo. Y vuelve a preguntar: «¿Lo ves?». Y tú, claro, lo ves todo, y señalas esto o aquello, y hasta dices cosas, haciéndote el útil, porque ahora los ojos tienen vida y los dedos tienen uñas y el mar está lleno de olas. Y uno podría pensar: pues ya está la cosa hecha; pero resulta que no, porque Tomás no está dibujando, está preparándose el terreno. Maese Tomás toma el calco —que es un calco de contable y de arqueólogo y de arquitecto—, lo apoya sobre una plancha de linóleo inglés y lleva el esbozo al plano; invertido, naturalmente; porque lo que va a hacer Tomás es un tampón para empapar en tinta, aunque sea un tampón de lujo, veteado hasta el infinito, enorme a veces, que ya recobrará su orientación cuando llegue el momento. No nos precipitemos…

El grafito y el carbón del calco manchan el linóleo gris y lo dejan, literalmente, hecho un mapa, promesa de un futuro inconcebible, que es cuando empieza lo bueno. ¿Habíamos adelantado ya que Tomás dibuja a hierro? Hasta ese instante todo es pacto, miguitas en el sendero, pistas. Ahora Tomás blande la gubia (que una vez fueron muchas y hoy son dos, de un milímetro para lo fino y cinco para lo grueso) y, esta vez sí, dibuja. Dibuja de verdad. Por fin. A arañazos sabios y curtidos. Con meticulosidad de monje, le arranca al linóleo cuanto no es línea; porque resulta que Tomás graba, y grabar es herir, ilustrar hacia dentro; ahuecar del trazo lo que no es trazo para que sólo el trazo quede. «Rayita a rayita», le digo, a ver qué cara me pone, «el imperio de la rayita, Tomás», rayitas sagradas de artista bizantino; porque ahora el mundo no son óvalos, son muescas, cientos, miles de mordiscos ganados a la blandura, reflejo del xilógrafo que acaricia el corazón del árbol con su pincel de fierro; con idéntico brío medieval e indomesticada fuerza. De cuanto uno suponía que sería, emerge lo que de verdad es, cuando el acero finaliza su tortura e ilumina al fin la forma, el trazo real, el gesto. Ahí habita su verdad, la del maestro calmado de ataque firme y seguro que ya no puede dudar y que, por tanto, no duda. Cuando ya no hay marcha atrás...

El resto es fácil; delicado, en consecuencia. Maese Tomás embadurna de tinta el rodillo, que es duro y blando a la vez, y lo aplica, uniforme, en el linóleo, sobre el que posa con engañosa despreocupación un papel de gramaje espléndido (el grabado es rasguño y es textura). Con su tórculo tamaño buque de aplastar la mediocridad, le aplica al conjunto mil kilos de presión, para mejor estampar su sello, que ahora también puede mirarse con las yemas de los dedos. Brota así, al arrancar con cuidado el papel, la ilustración, la genuina, la que es; brotan todas, de una en una, figura a figura, hoja a hoja; sin unos ni ceros ni minas ni acuarelas; su tenedor mellado sólo, o su cuchara estrechísima, su aguja de hacer música, su dedo de escarbar, que vale por todos los dedos del mundo.

Perderse en un grabado de Tomás es abandonarse al placer de observar, buscar las siete diferencias sin comparar nada con nada. Qué agradecido se siente el escribidor entonces, cuando las palabras se disuelven en su tinta y de ellas sólo queda la estela. Porque *La piedra blanca*, huelga decirlo, no es texto ilustrado, es un motete a dos voces, una fuga a cuatro manos; nada es antes ni es después, todo es un cantar de ida y vuelta. Si *La piedra blanca* es palabra encarnada, la carne se somete, en cuanto asoma, a un diálogo vivificante del que sale una nueva partitura que bien podría morir rasgada en la siguiente ronda. Cuánta voz sobró al hacerse mancha; a cuánta mancha dio luz un verbo nuevo; toma y daca, toma y daca. Con esta viñeta, ¿qué hacemos?, ¿la dejamos chiquitita y rodeada de vacío, como un sello?, ¿la esquinamos?, ¿nos inventamos una escalera, para que viaje el ojo?, ¿suspendemos aquí el tiempo? ¿Qué piensas? ¿Qué pienso? ¿Qué pensamos? Y a empezar de nuevo. A hablar de nuevo. A hacer de nuevo.

Ha sido una travesía mil veces interrumpida que nunca dejó de avanzar, insuflada, como un gólem, de vida empecinada y propia. Uno observa el desenlace con el pasmo que sólo le producen las mitades desconocidas, las que completa el otro, el reverso oculto de la Luna —para esta pluma, el del pintor—: uno sólo admira de verdad lo que no sabe cómo se hace. Si después de tanto andar me atrevo a invitar a nadie a que visite *La piedra blanca* y conozca a Pedro de Poco, es porque, gracias a Tomás, su historia mana sin fuente, corriente sólo.

LA PIEDRA BLANDA

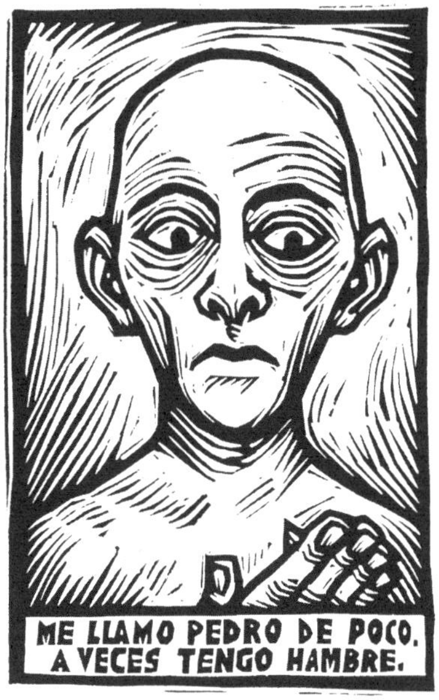
ME LLAMO PEDRO DE POCO.
A VECES TENGO HAMBRE.

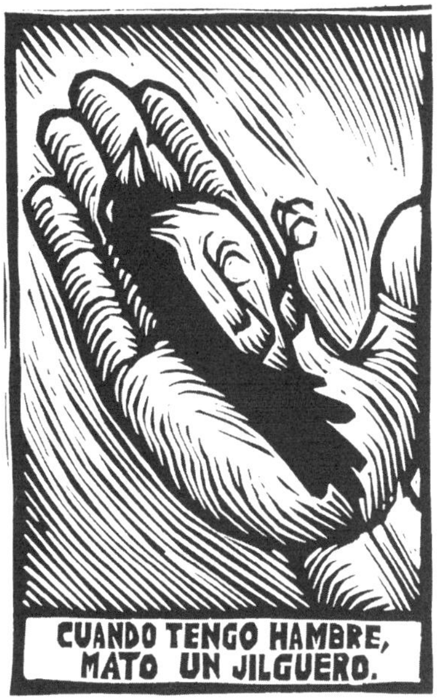

CUANDO TENGO HAMBRE,
MATO UN JILGUERO.

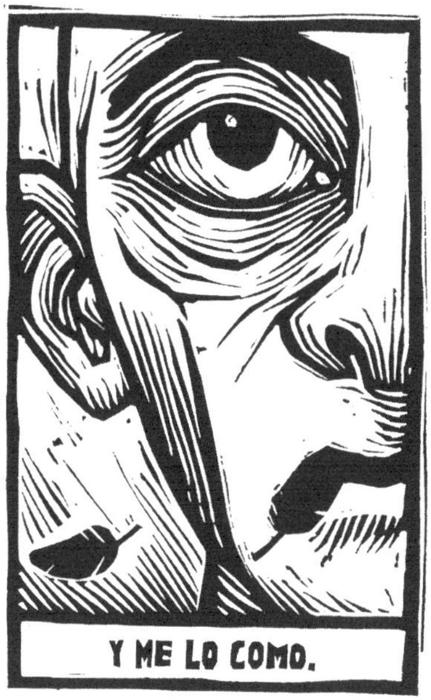
Y ME LO COMO.

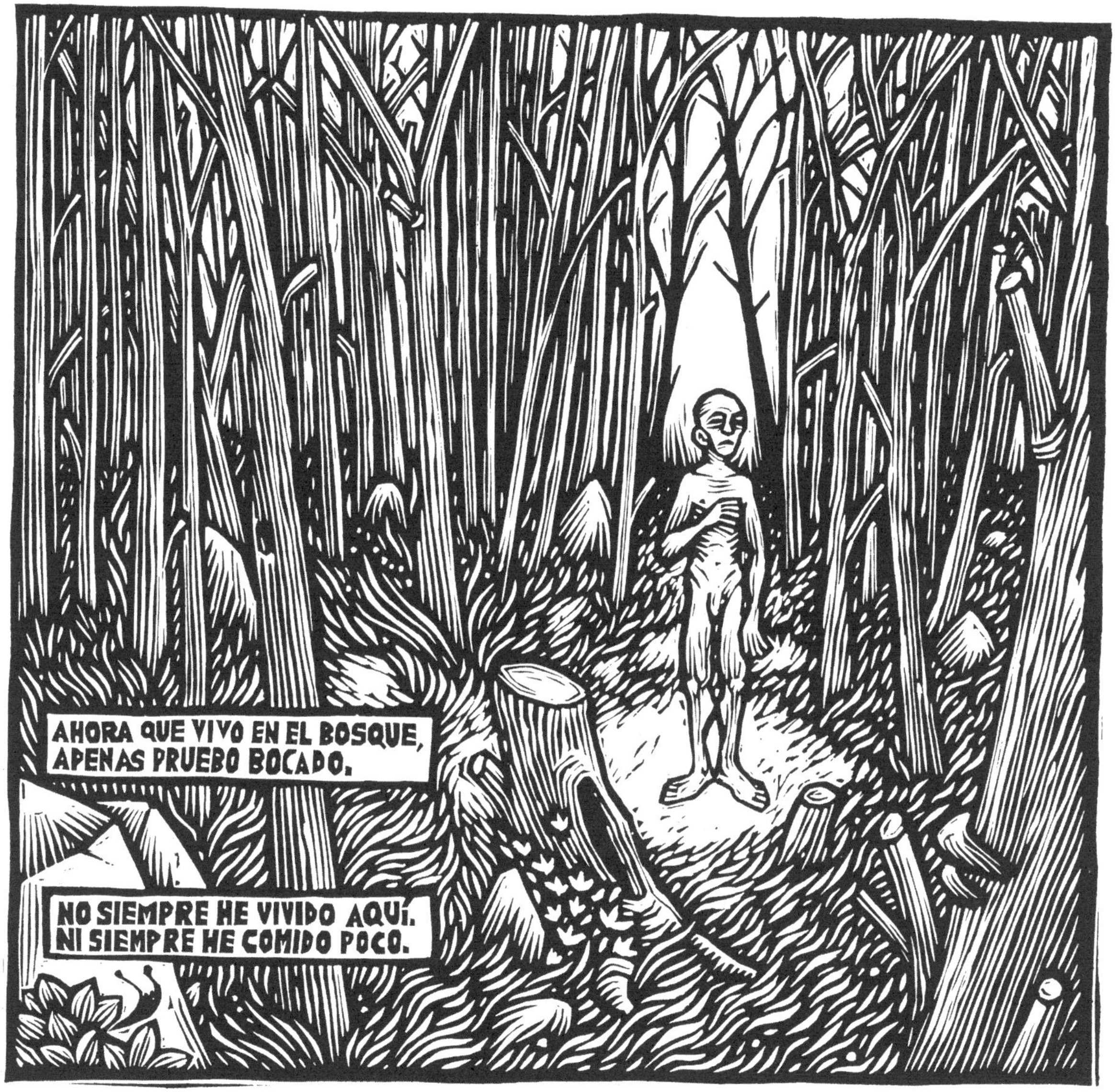
AHORA QUE VIVO EN EL BOSQUE, APENAS PRUEBO BOCADO.
NO SIEMPRE HE VIVIDO AQUÍ. NI SIEMPRE HE COMIDO POCO.

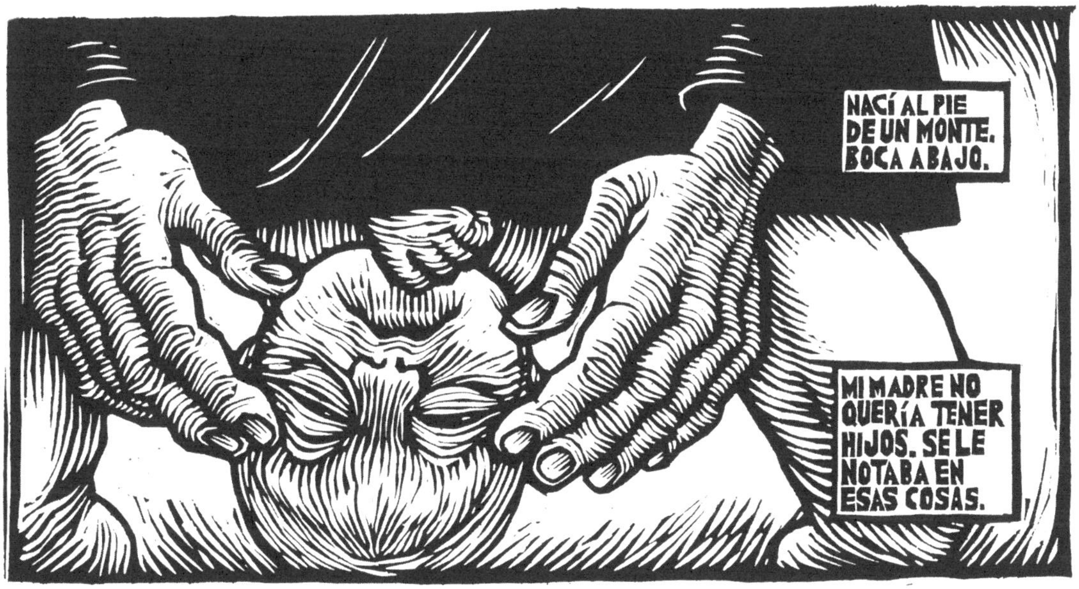
NACÍ AL PIE DE UN MONTE. BOCA ABAJO.
MI MADRE NO QUERÍA TENER HIJOS. SE LE NOTABA EN ESAS COSAS.

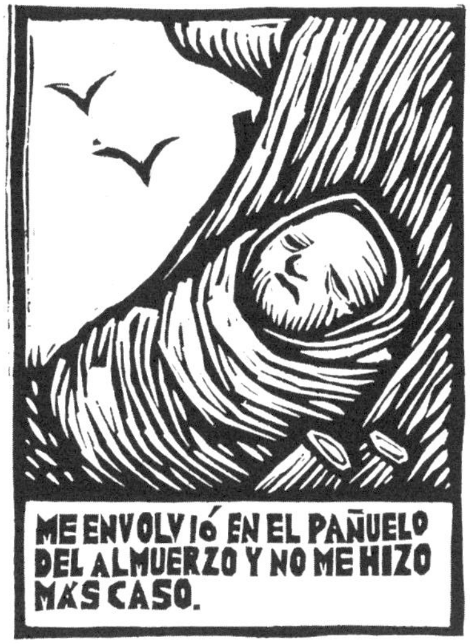
ME ENVOLVIÓ EN EL PAÑUELO DEL ALMUERZO Y NO ME HIZO MÁS CASO.

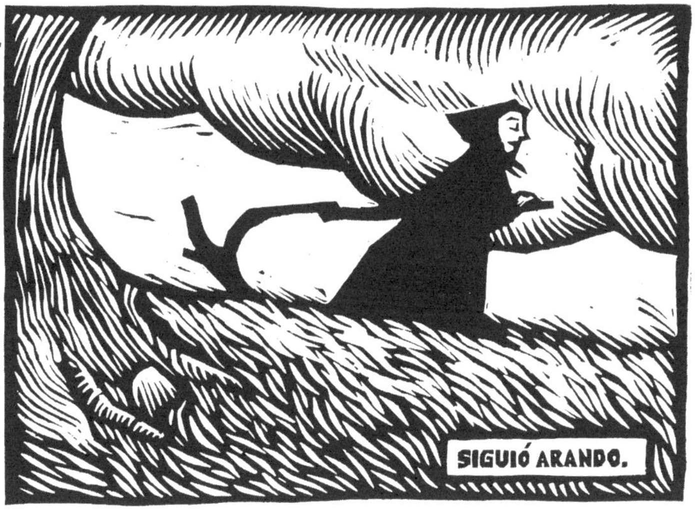
SIGUIÓ ARANDO.

POR ENCIMA DE MÍ SALTÓ ESA ARDILLA QUE SALTA SIEMPRE DE RAMA EN RAMA.
TOC

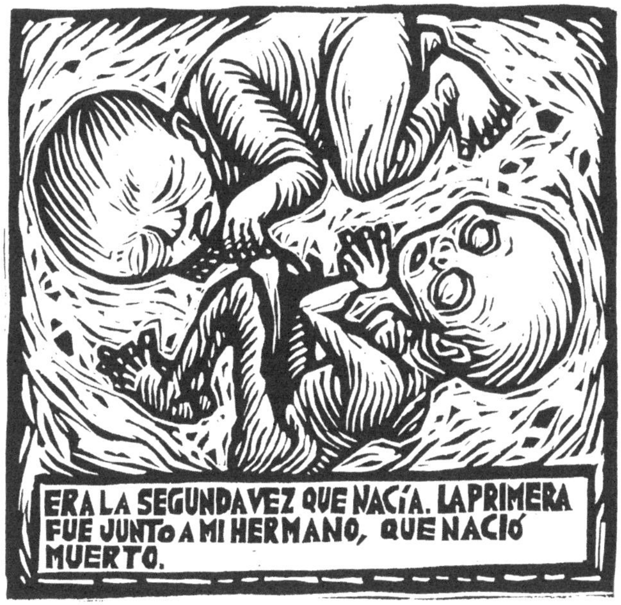
ERA LA SEGUNDA VEZ QUE NACÍA. LA PRIMERA FUE JUNTO A MI HERMANO, QUE NACIÓ MUERTO.

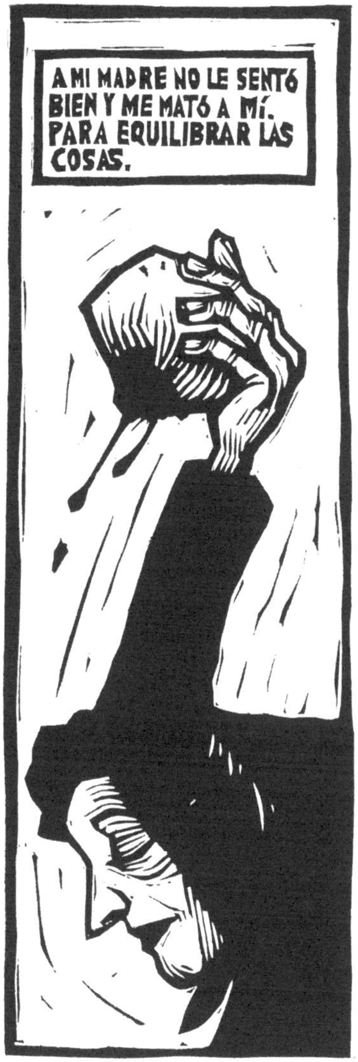
A MI MADRE NO LE SENTÓ BIEN Y ME MATÓ A MÍ. PARA EQUILIBRAR LAS COSAS.

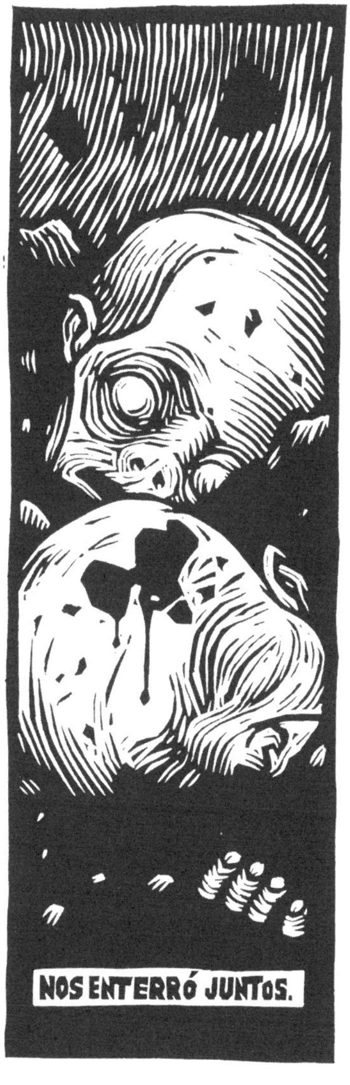
NOS ENTERRÓ JUNTOS.

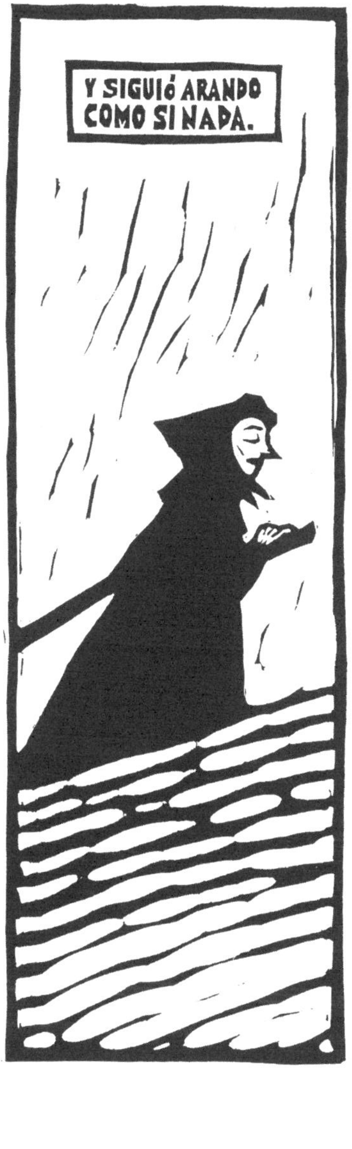
Y SIGUIÓ ARANDO
COMO SI NADA.

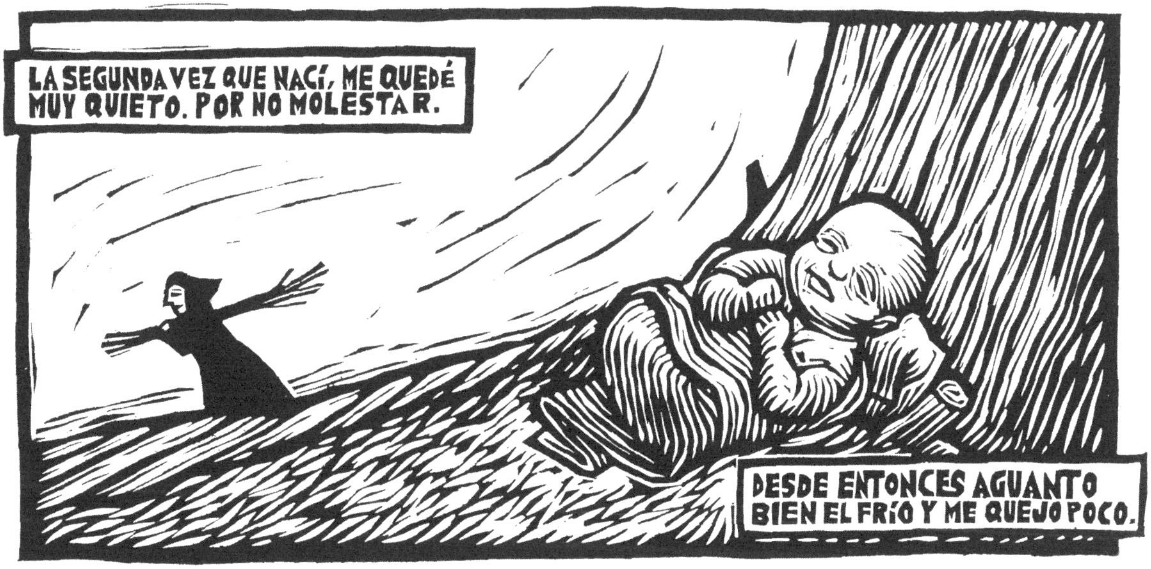
LA SEGUNDA VEZ QUE NACÍ, ME QUEDÉ MUY QUIETO. POR NO MOLESTAR.
DESDE ENTONCES AGUANTO BIEN EL FRÍO Y ME QUEJO POCO.

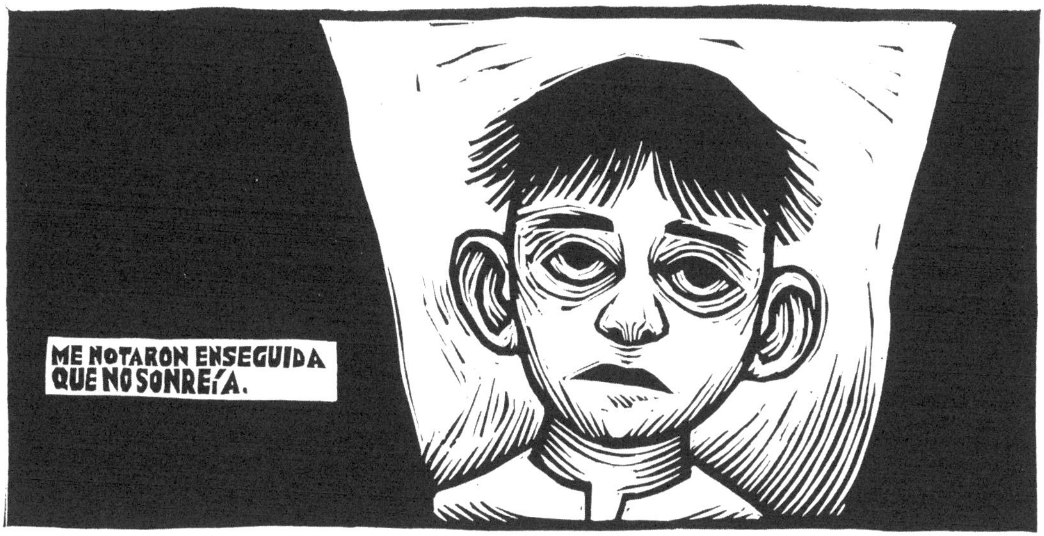
ME NOTARON ENSEGUIDA
QUE NO SONREÍA.

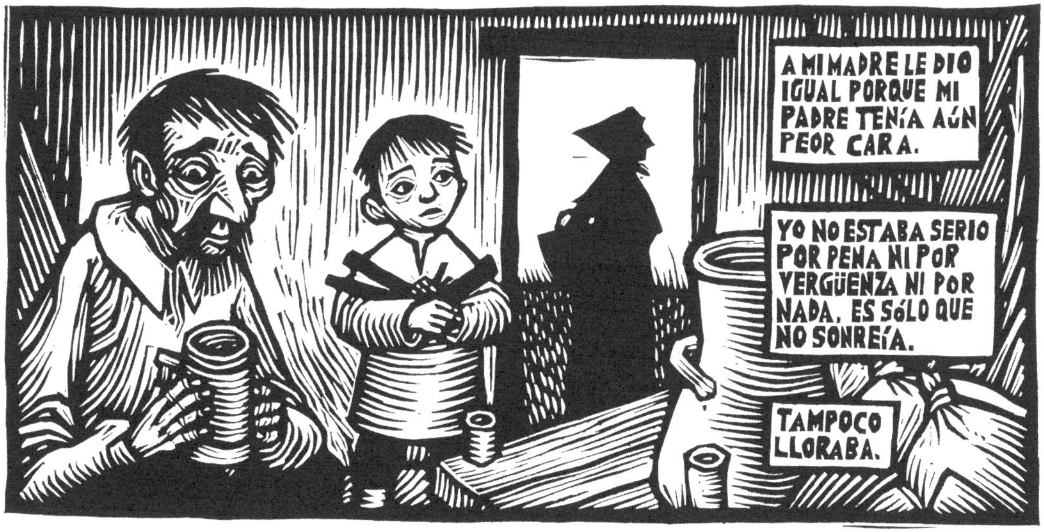
A MI MADRE LE DIO IGUAL PORQUE MI PADRE TENÍA AÚN PEOR CARA.
YO NO ESTABA SERIO POR PENA NI POR VERGÜENZA NI POR NADA. ES SÓLO QUE NO SONREÍA.
TAMPOCO LLORABA.

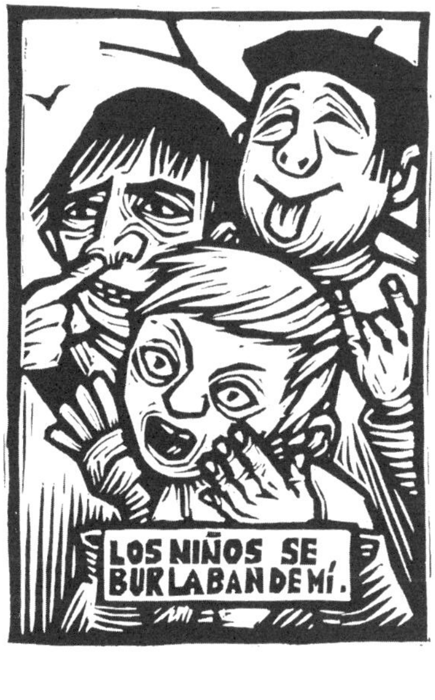
LOS NIÑOS SE BURLABAN DE MÍ.

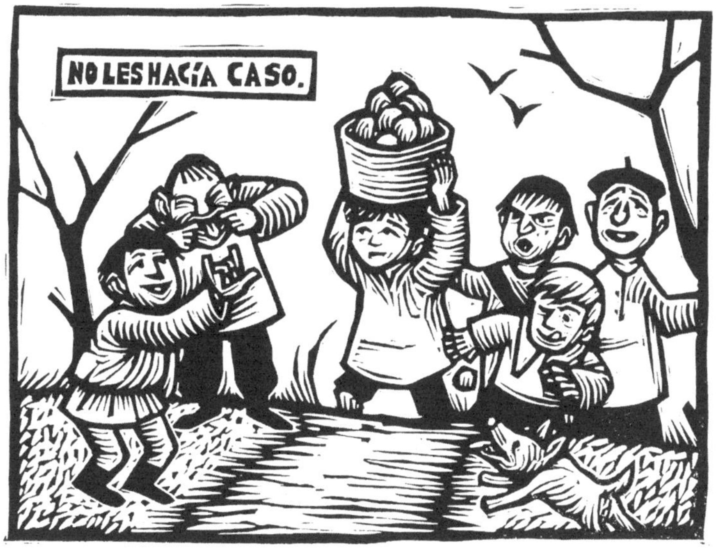
NO LES HACÍA CASO.

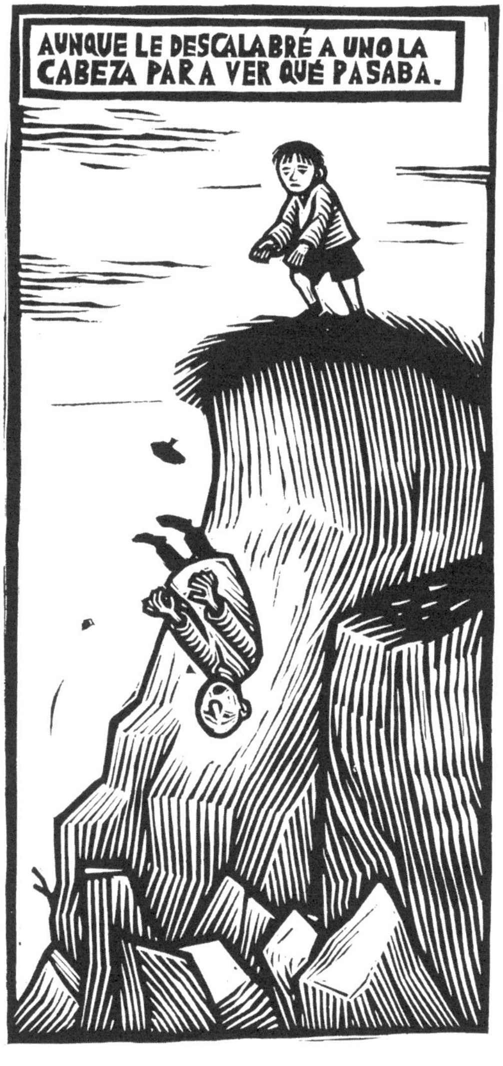
AUNQUE LE DESCALABRÉ A UNO LA CABEZA PARA VER QUÉ PASABA.

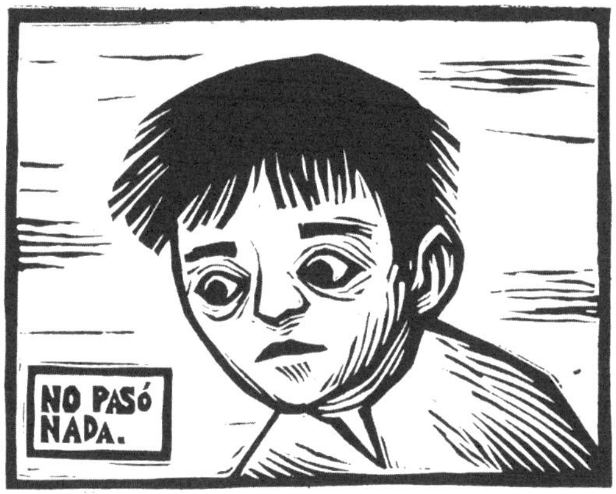
NO PASÓ
NADA.

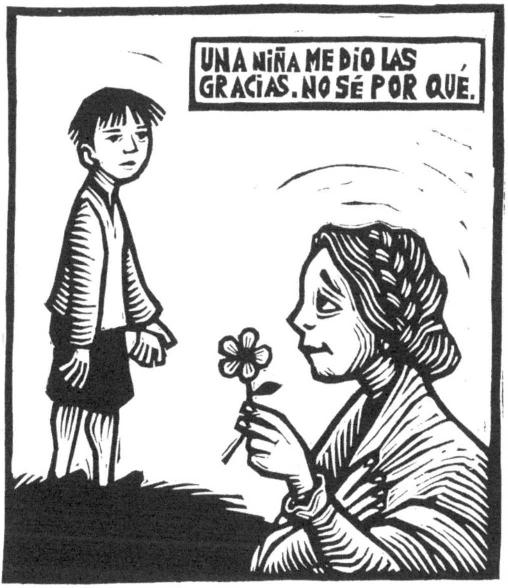
UNA NIÑA ME DIO LAS GRACIAS. NO SÉ POR QUÉ.

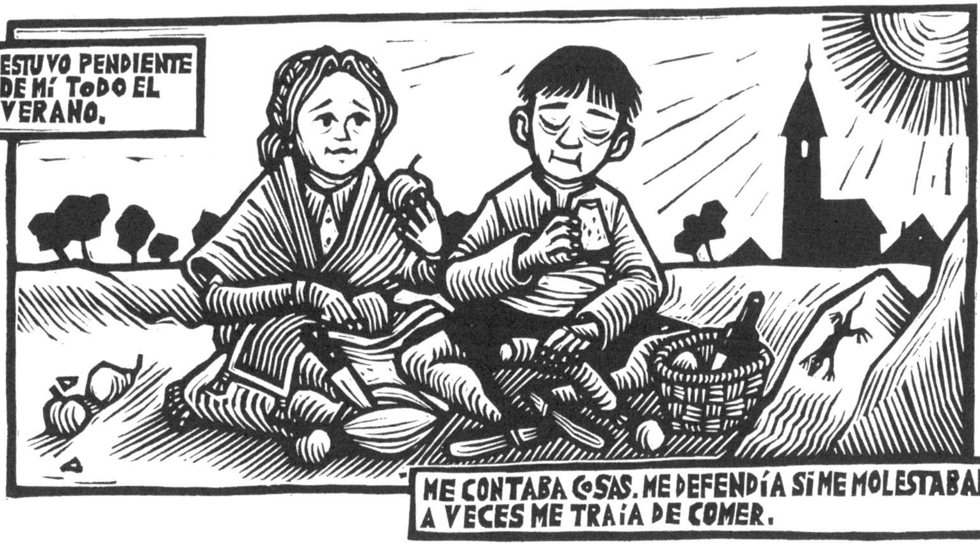
ESTUVO PENDIENTE DE MÍ TODO EL VERANO.
ME CONTABA COSAS. ME DEFENDÍA SI ME MOLESTABAN. A VECES ME TRAÍA DE COMER.

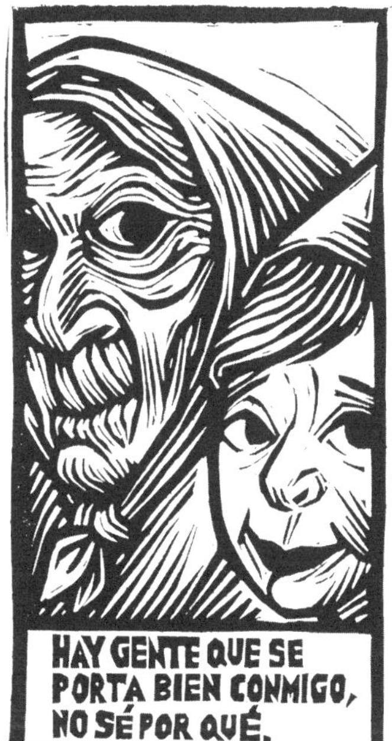
HAY GENTE QUE SE
PORTA BIEN CONMIGO,
NO SÉ POR QUÉ.

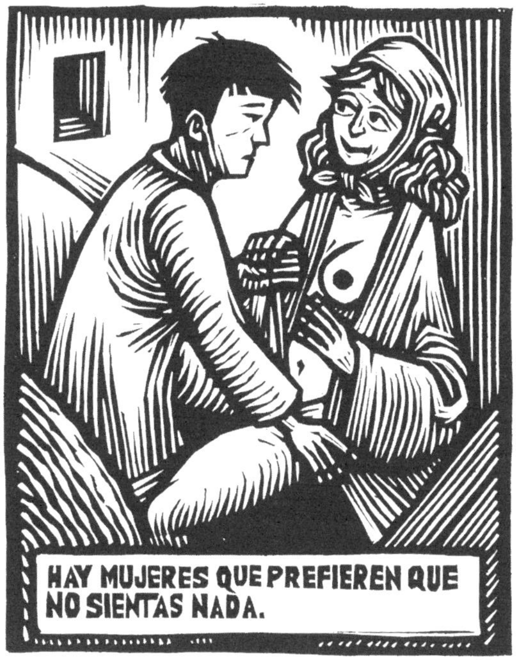
HAY MUJERES QUE PREFIEREN QUE
NO SIENTAS NADA.

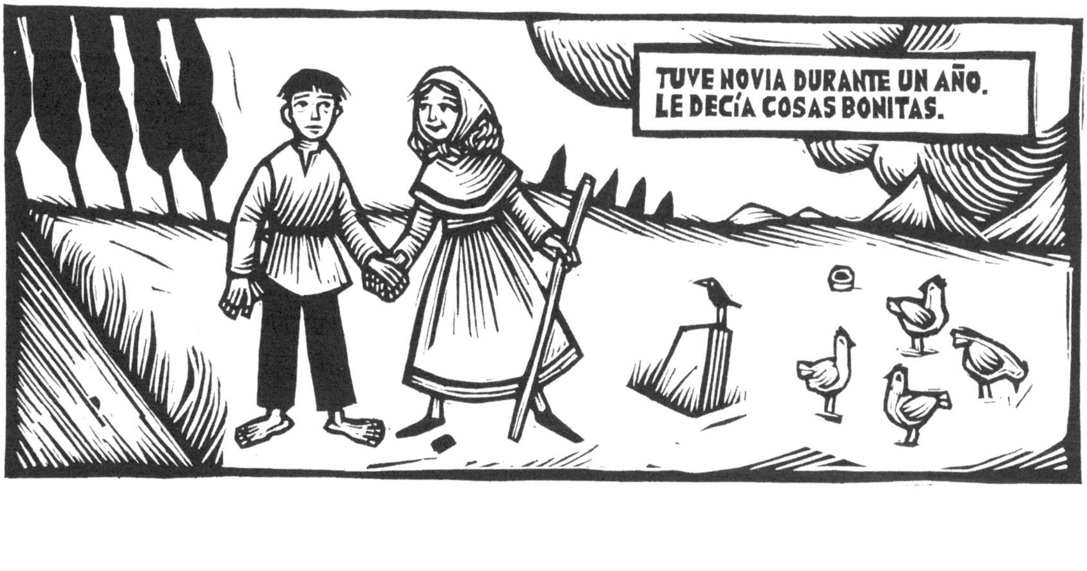
TUVE NOVIA DURANTE UN AÑO.
LE DECÍA COSAS BONITAS.

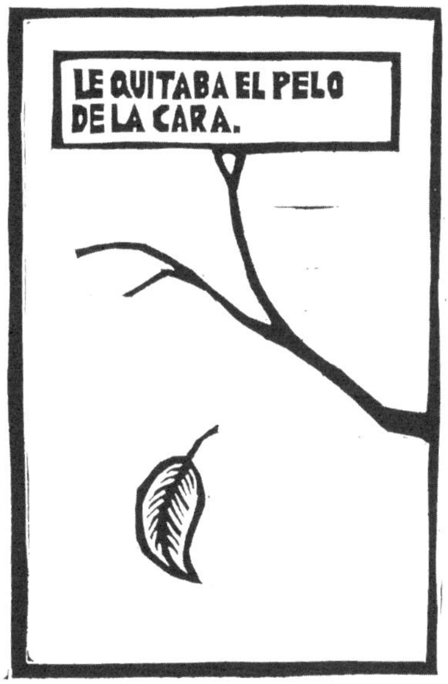
LE QUITABA EL PELO DE LA CARA.

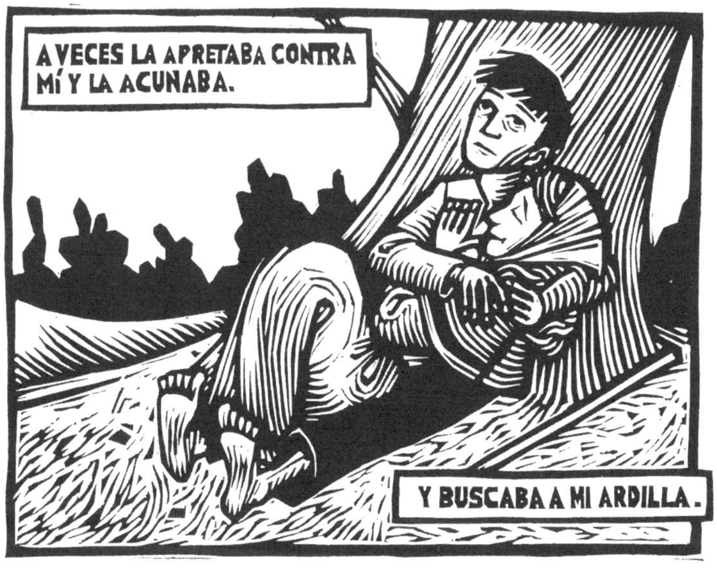
A VECES LA APRETABA CONTRA MÍ Y LA ACUNABA.
Y BUSCABA A MI ARDILLA.

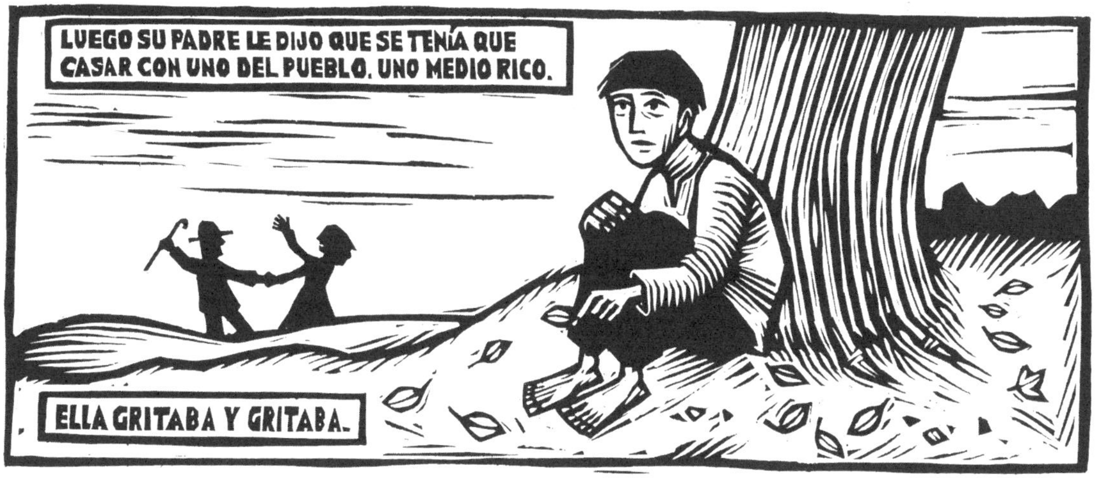
LUEGO SU PADRE LE DIJO QUE SE TENÍA QUE CASAR CON UNO DEL PUEBLO. UNO MEDIO RICO.
ELLA GRITABA Y GRITABA.

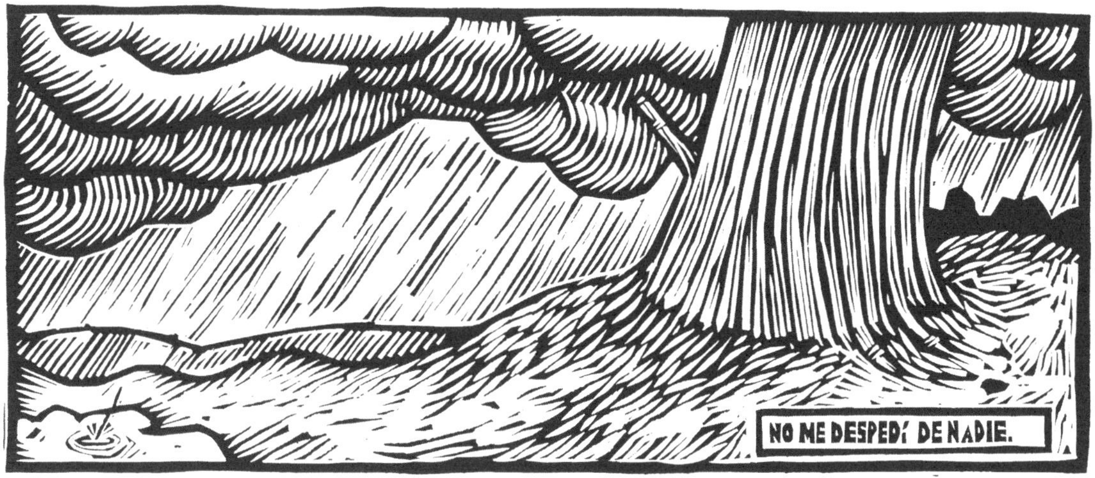
NO ME DESPEDÍ DE NADIE.

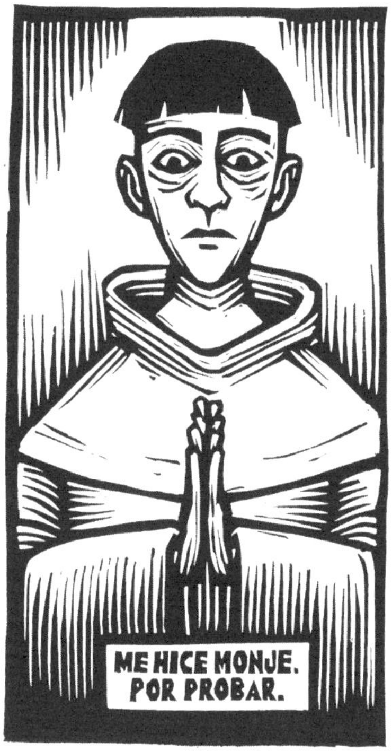
ME HICE MONJE.
POR PROBAR.

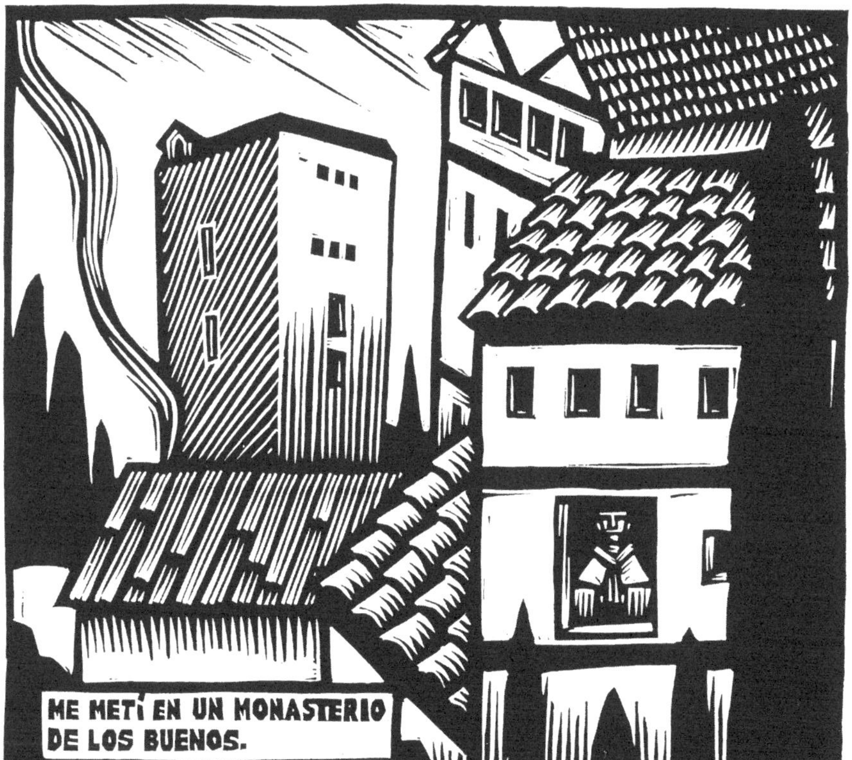
ME METÍ EN UN MONASTERIO
DE LOS BUENOS.

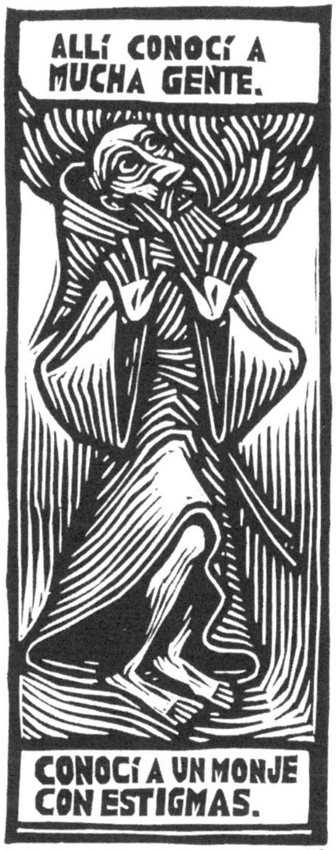
ALLÍ CONOCÍ A MUCHA GENTE.
CONOCÍ A UN MONJE CON ESTIGMAS.

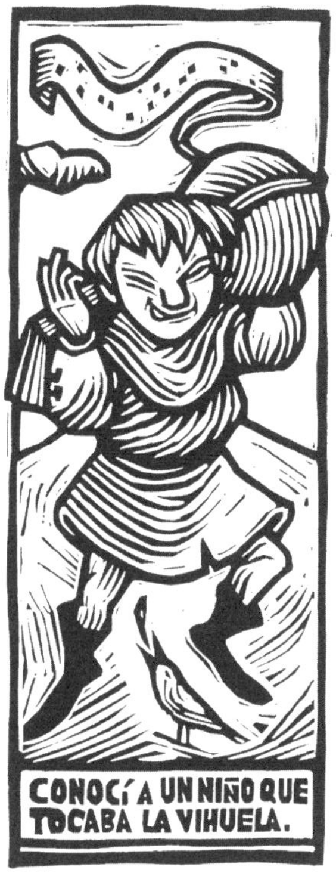
CONOCÍ A UN NIÑO QUE
TOCABA LA VIHUELA.

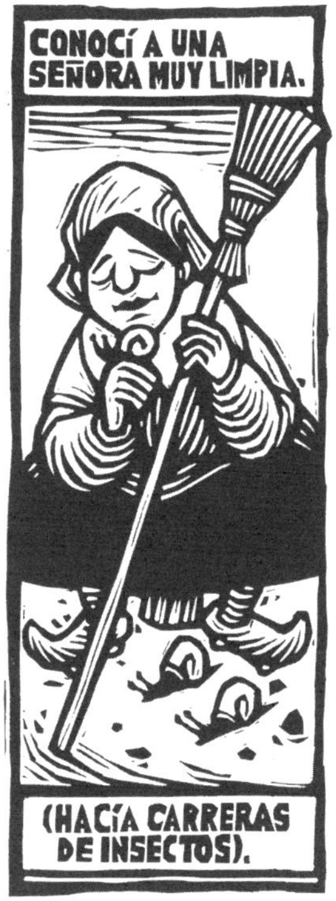
CONOCÍ A UNA SEÑORA MUY LIMPIA.
(HACÍA CARRERAS DE INSECTOS).

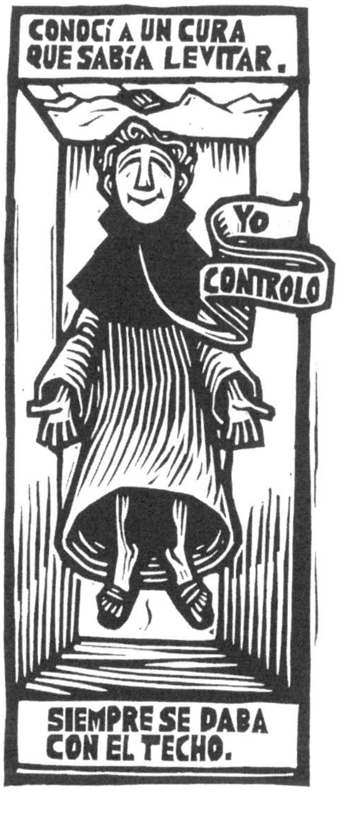
CONOCÍ A UN CURA
QUE SABÍA LEVITAR.
YO
CONTROLO
SIEMPRE SE DABA
CON EL TECHO.

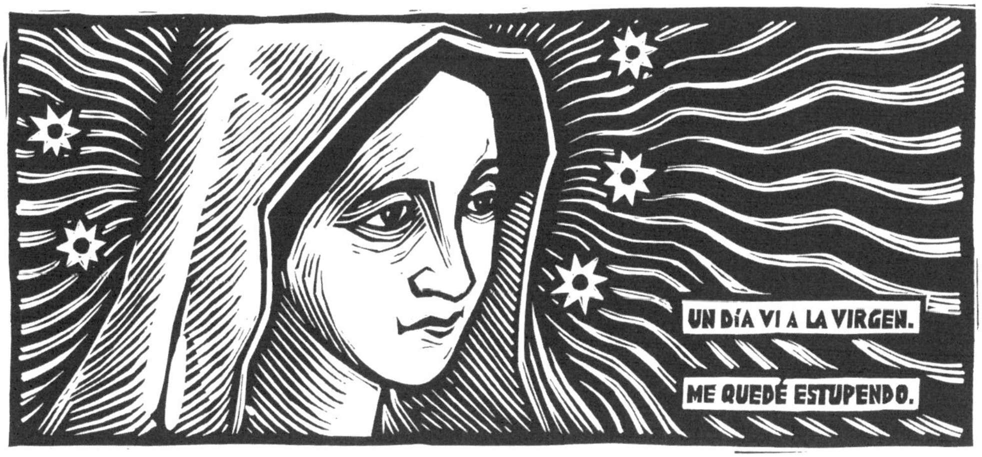
UN DÍA VI A LA VIRGEN.
ME QUEDÉ ESTUPENDO.

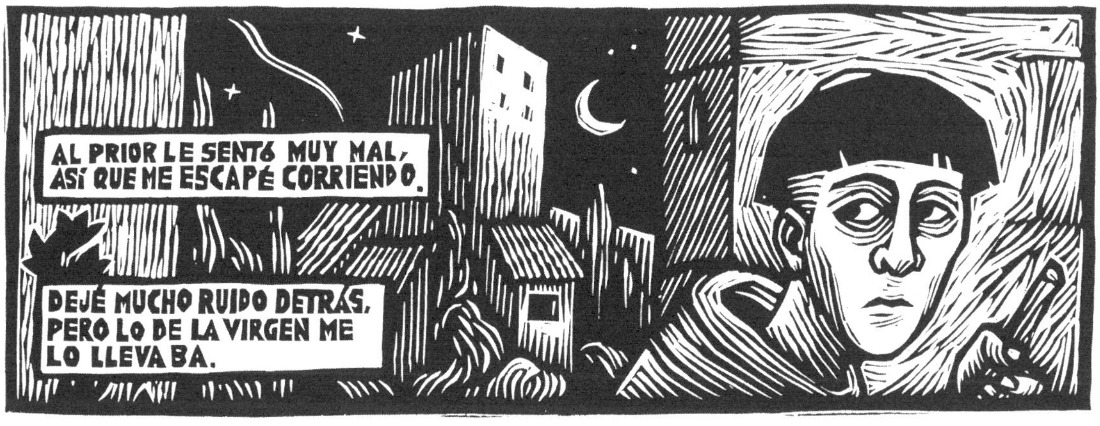
AL PRIOR LE SENTÓ MUY MAL, ASÍ QUE ME ESCAPÉ CORRIENDO.
DEJÉ MUCHO RUIDO DETRÁS, PERO LO DE LA VIRGEN ME LO LLEVABA.

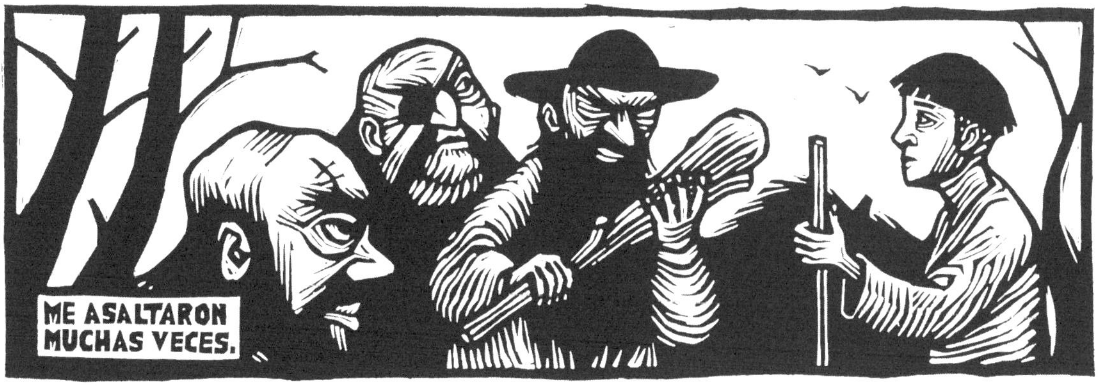
ME ASALTARON
MUCHAS VECES.

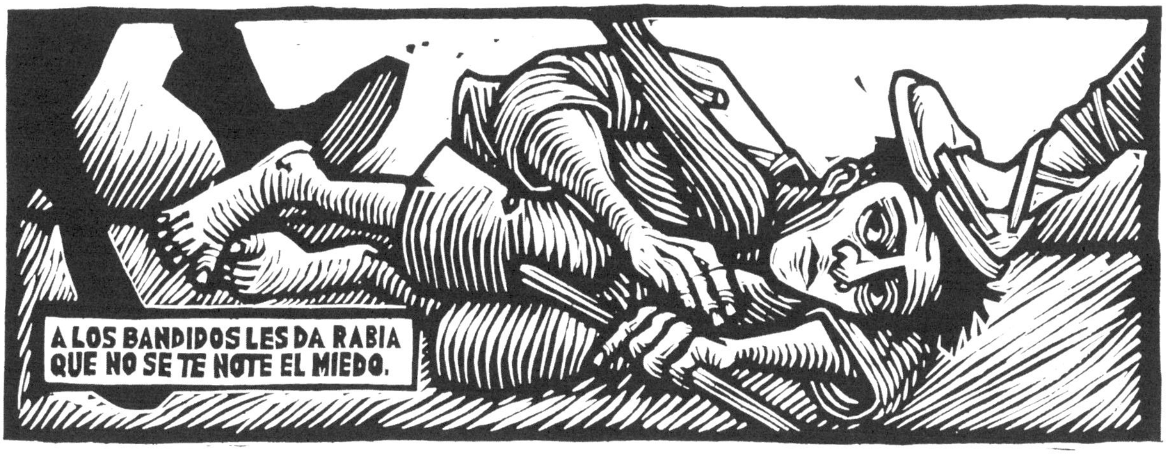
A LOS BANDIDOS LES DA RABIA
QUE NO SE TE NOTE EL MIEDO.

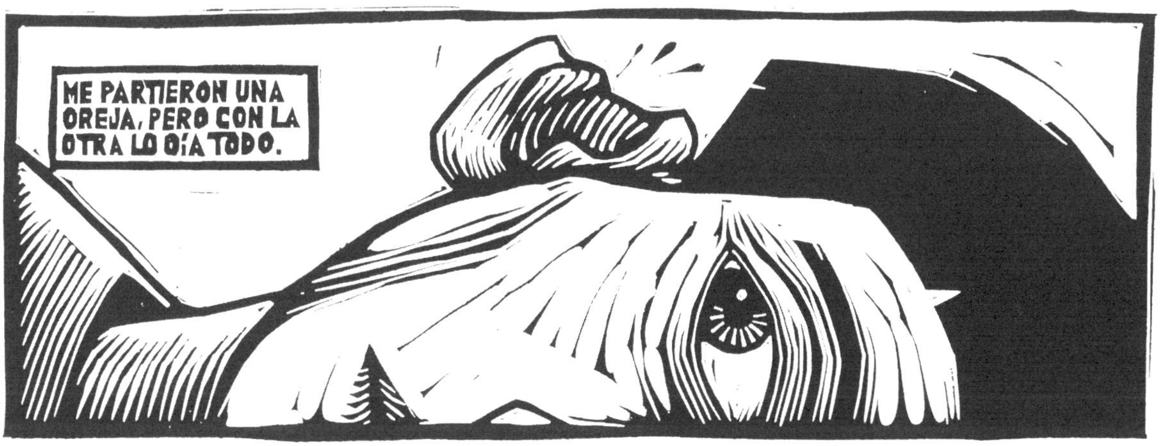
ME PARTIERON UNA OREJA, PERO CON LA OTRA LO OÍA TODO.

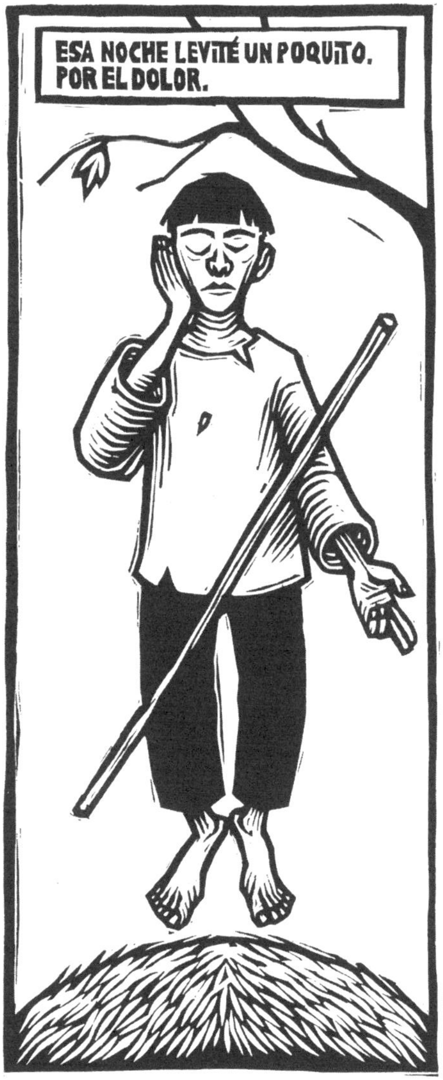
ESA NOCHE LEVITÉ UN POQUITO.
POR EL DOLOR.

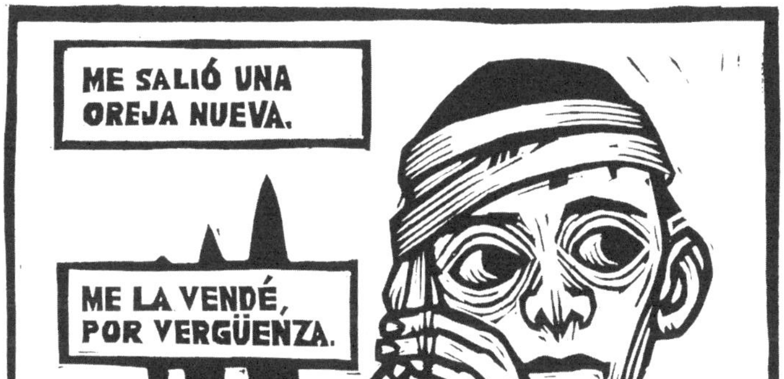
ME SALIÓ UNA OREJA NUEVA.
ME LA VENDÉ, POR VERGÜENZA.

SE ME CAYÓ EL PELO
DE LA CABEZA.
A VECES ME COMÍA
UN JILGUERO.

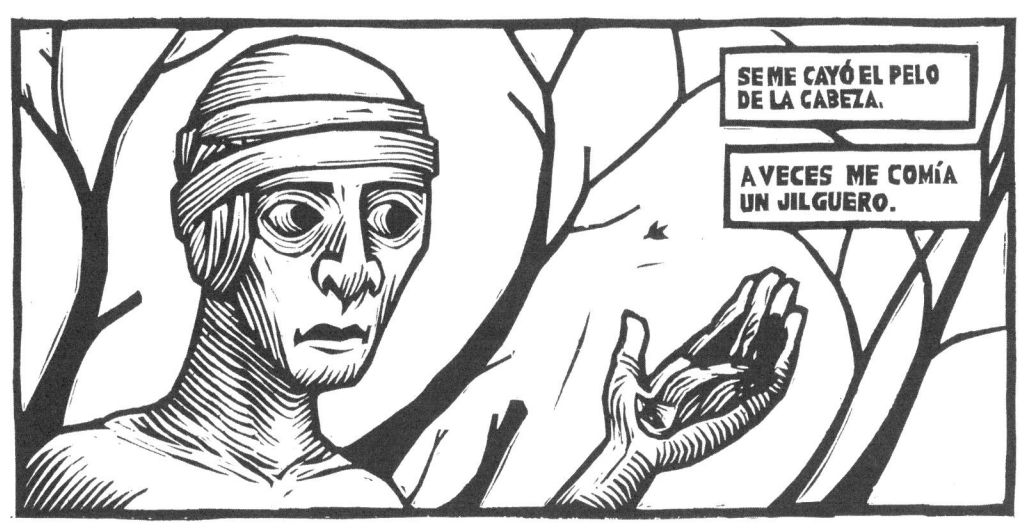

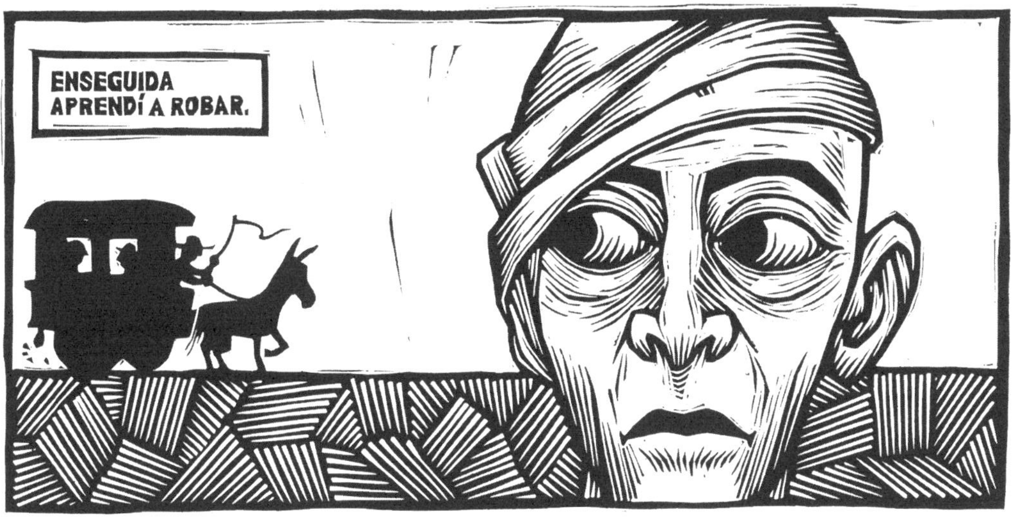
ENSEGUIDA
APRENDÍ A ROBAR.

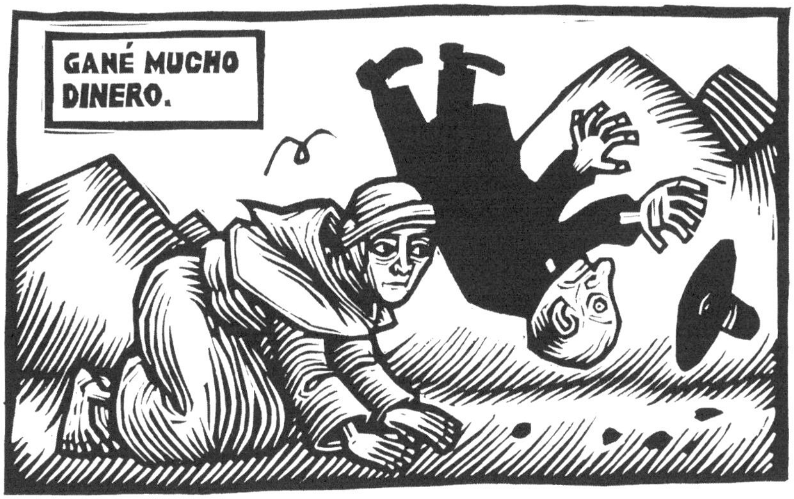
GANÉ MUCHO DINERO.

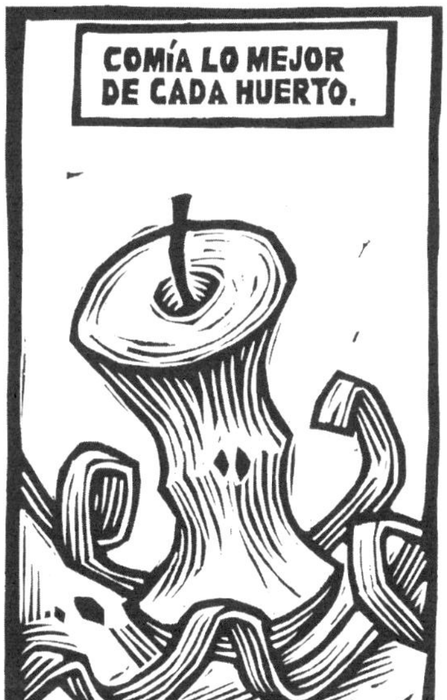
COMÍA LO MEJOR DE CADA HUERTO.

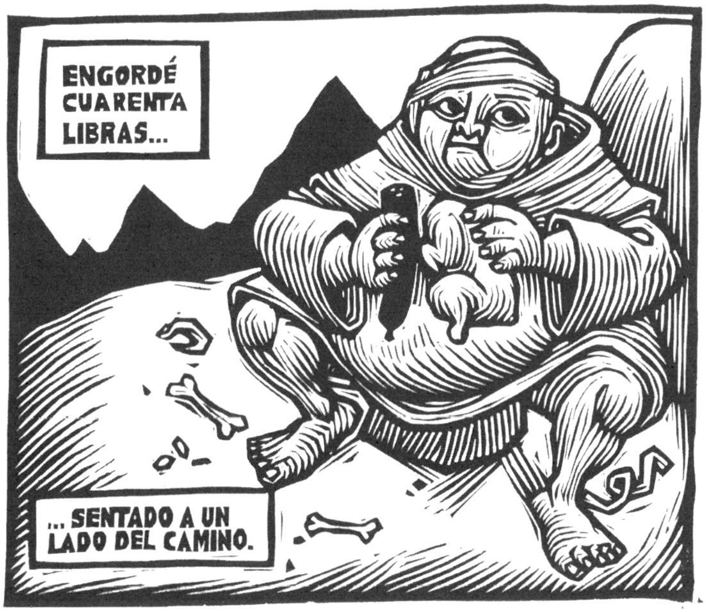
ENGORDÉ CUARENTA LIBRAS...
... SENTADO A UN LADO DEL CAMINO.

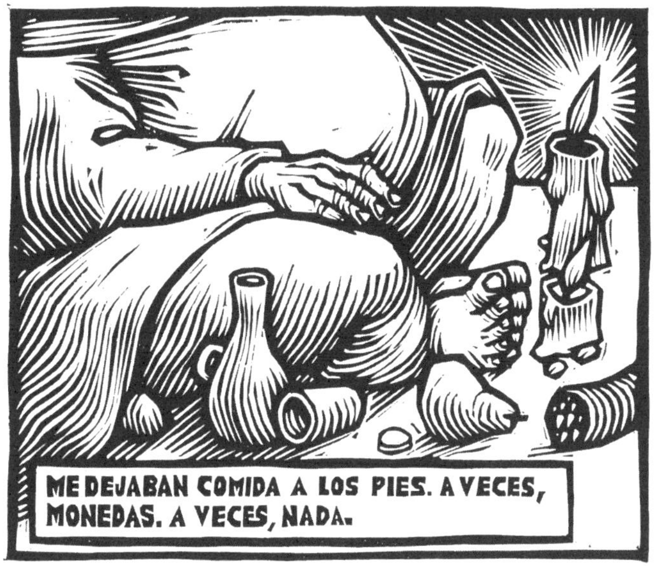
ME DEJABAN COMIDA A LOS PIES. A VECES, MONEDAS. A VECES, NADA.

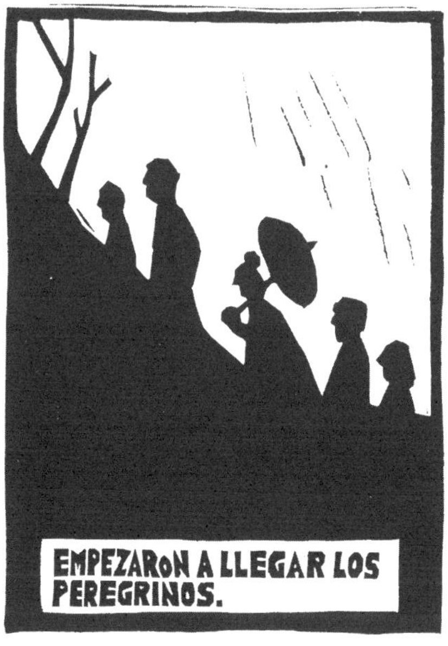
EMPEZARON A LLEGAR LOS PEREGRINOS.

DESPUÉS, LOS MENSAJEROS.

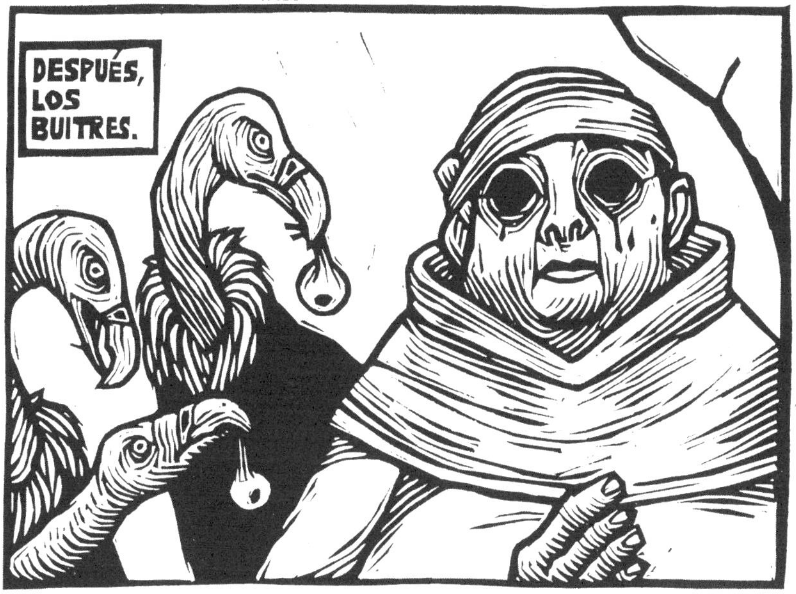
DESPUÉS, LOS BUITRES.

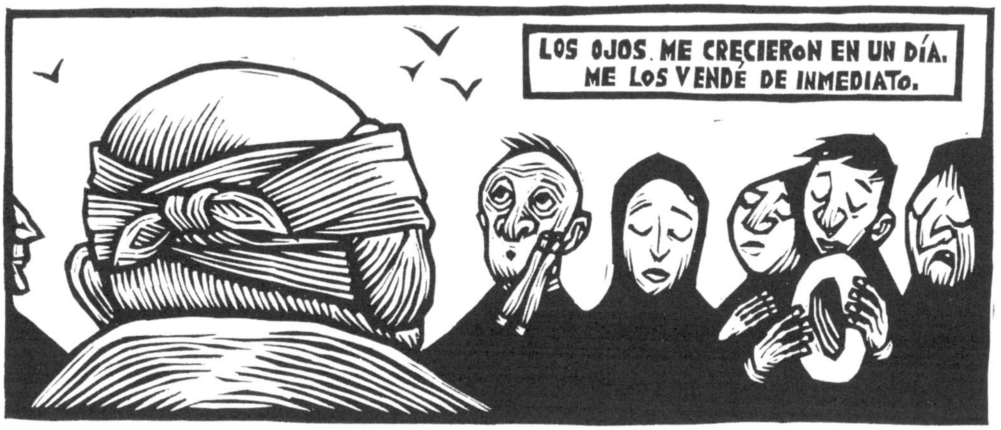
LOS OJOS ME CRECIERON EN UN DÍA.
ME LOS VENDÉ DE INMEDIATO.

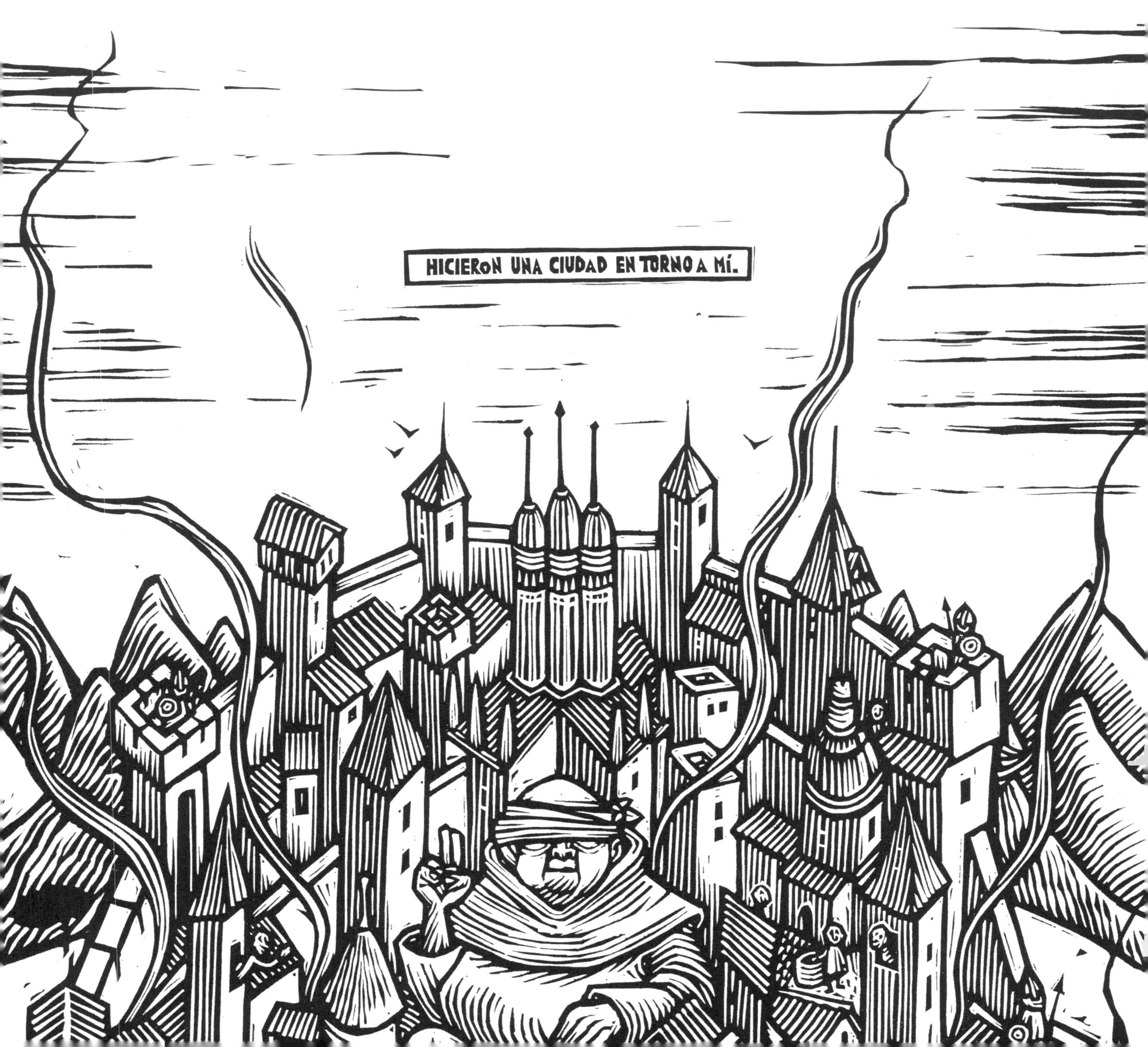
HICIERON UNA CIUDAD EN TORNO A MÍ.

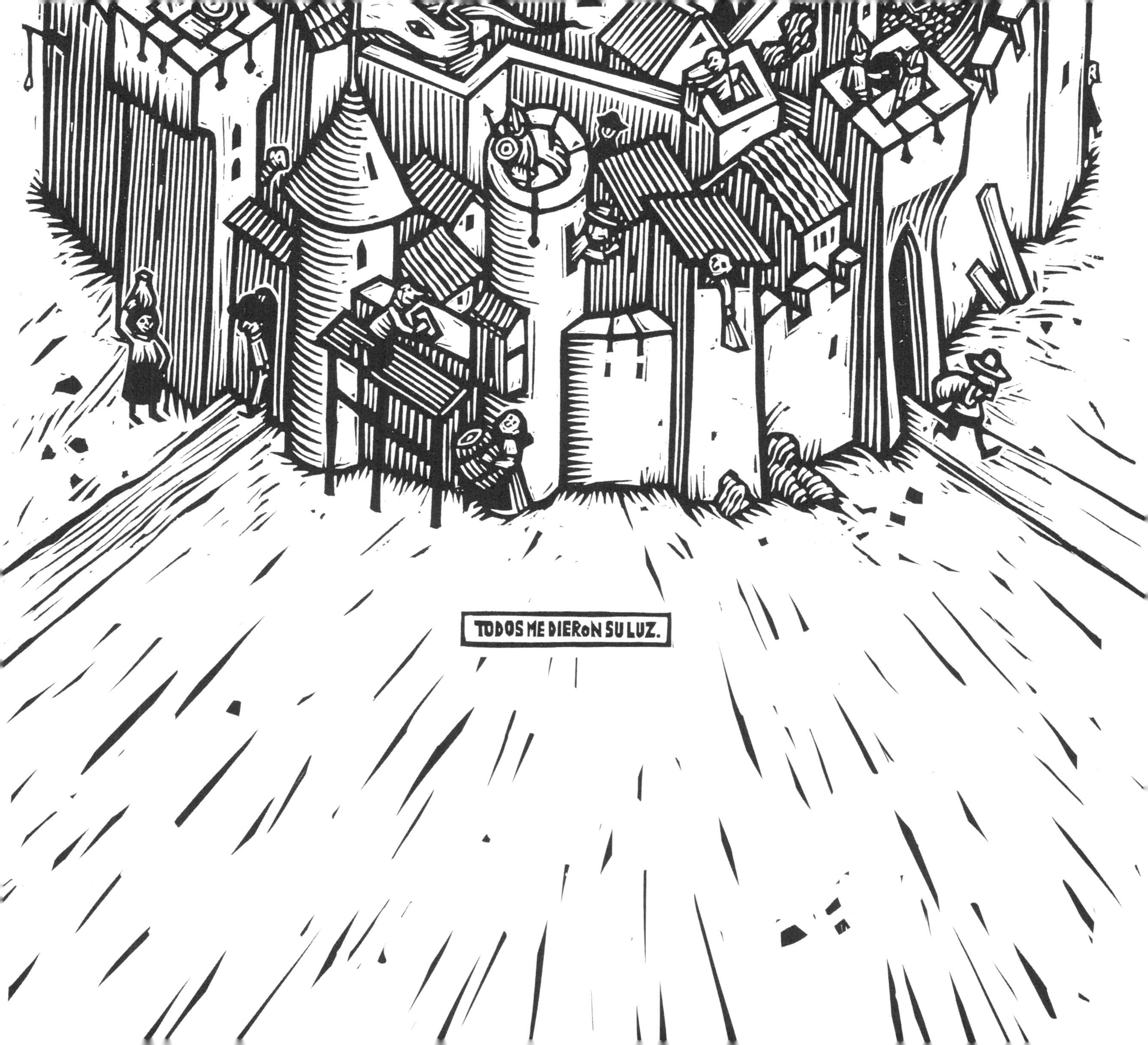
TODOS ME DIERON SU LUZ.

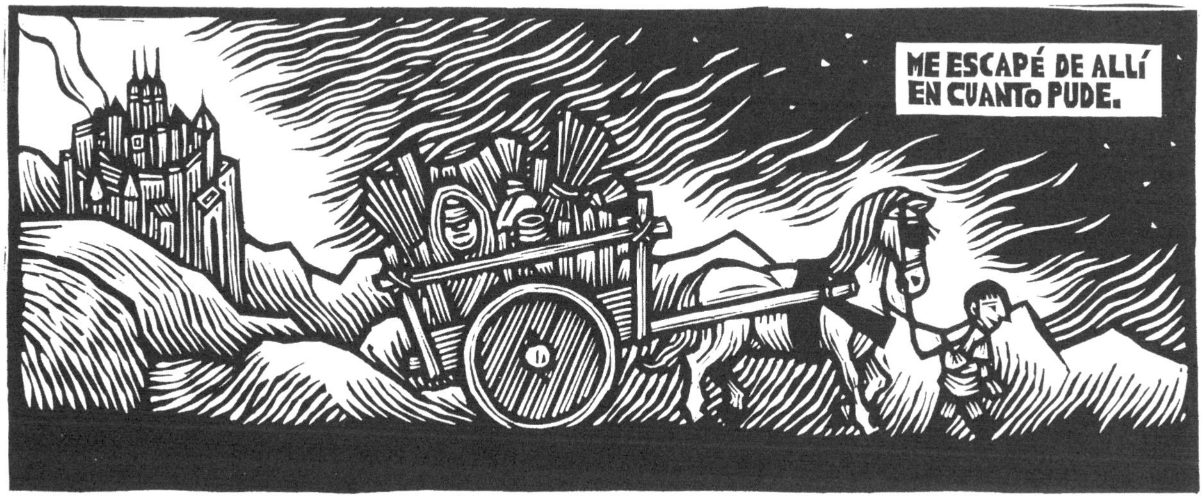
ME ESCAPÉ DE ALLÍ
EN CUANTO PUDE.

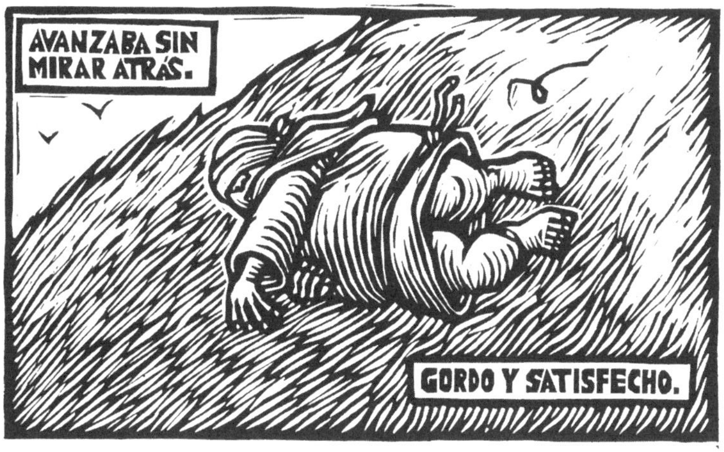
AVANZABA SIN MIRAR ATRÁS.
GORDO Y SATISFECHO.

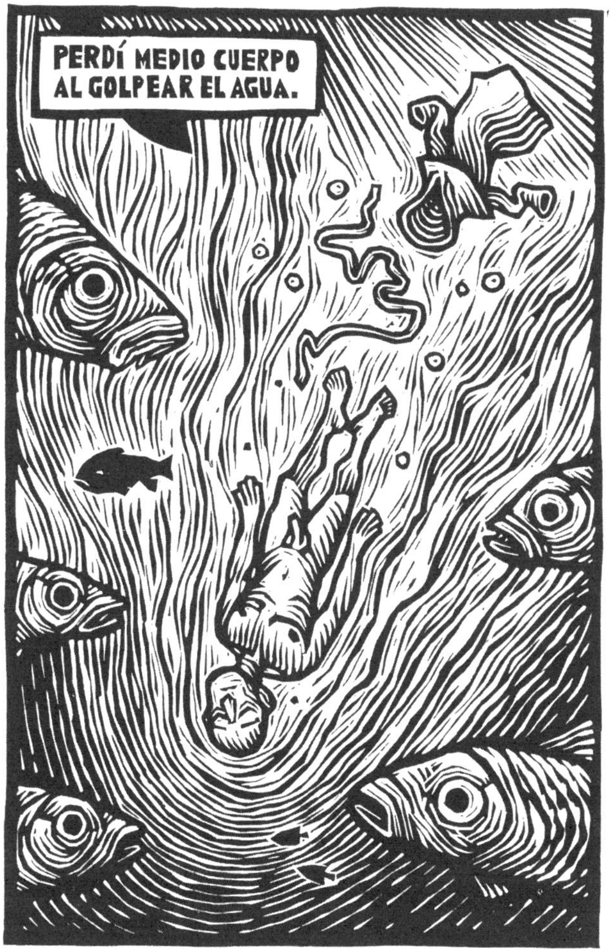
PERDÍ MEDIO CUERPO
AL GOLPEAR EL AGUA.

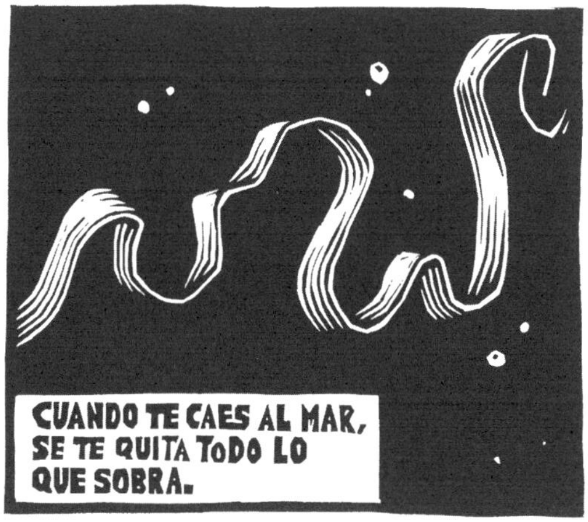
CUANDO TE CAES AL MAR,
SE TE QUITA TODO LO
QUE SOBRA.

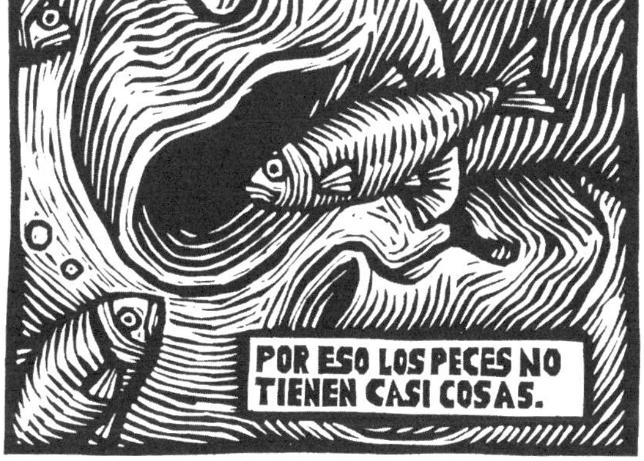
POR ESO LOS PECES NO
TIENEN CASI COSAS.

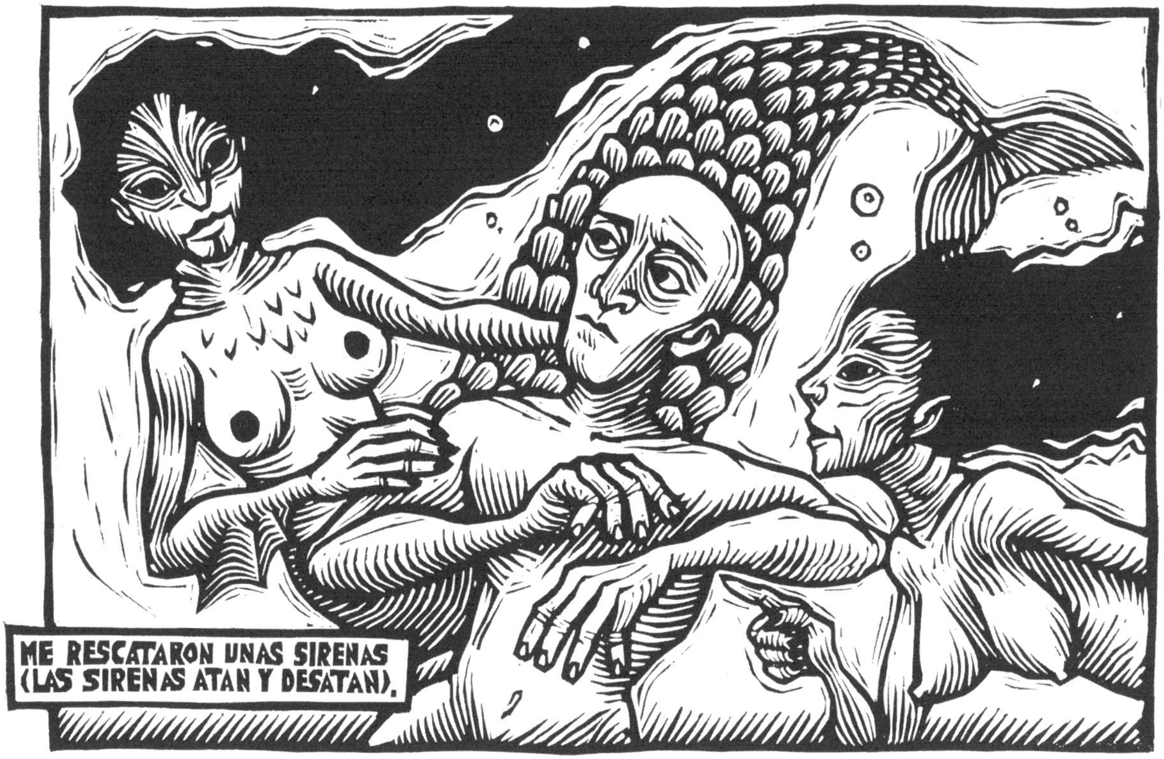
ME RESCATARON UNAS SIRENAS
(LAS SIRENAS ATAN Y DESATAN).

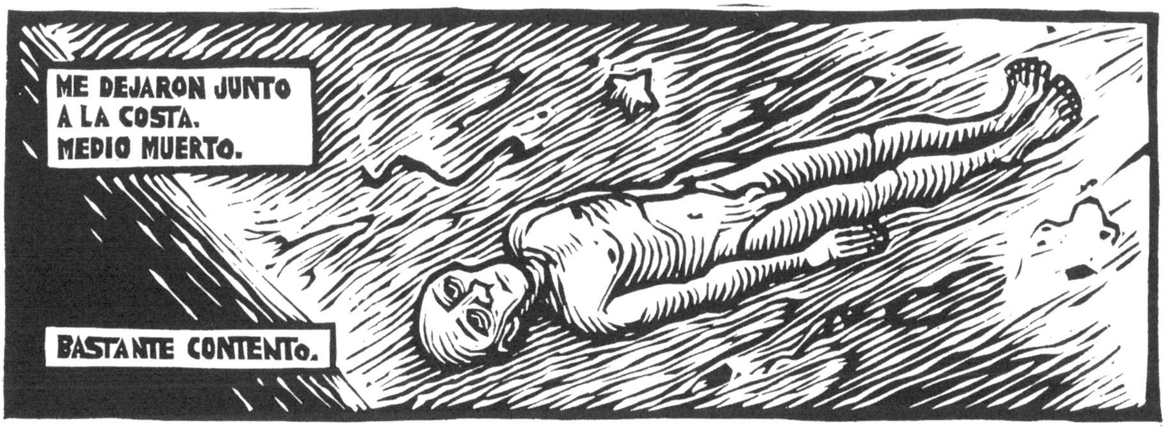
ME DEJARON JUNTO
A LA COSTA.
MEDIO MUERTO.
BASTANTE CONTENTO.

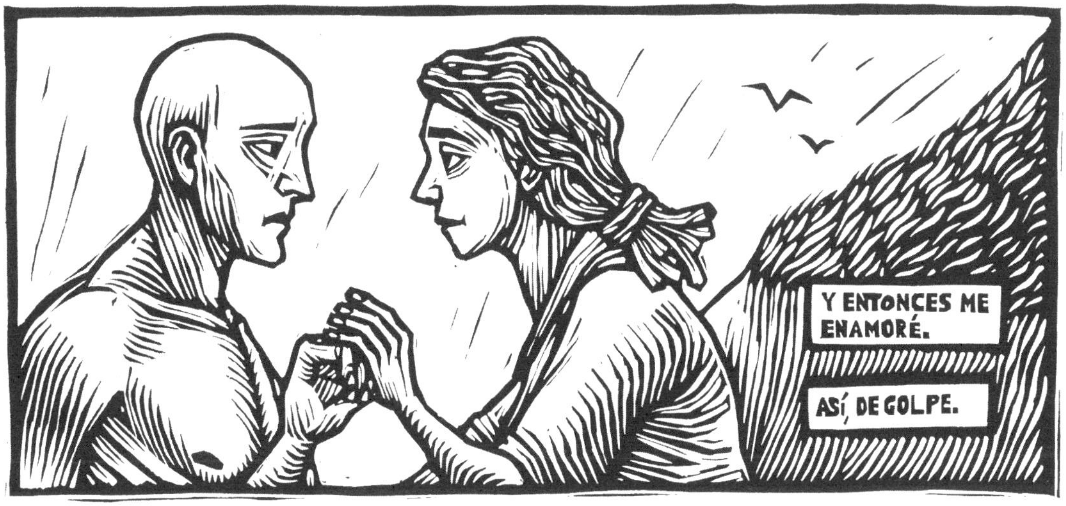
Y ENTONCES ME ENAMORÉ.
ASÍ, DE GOLPE.

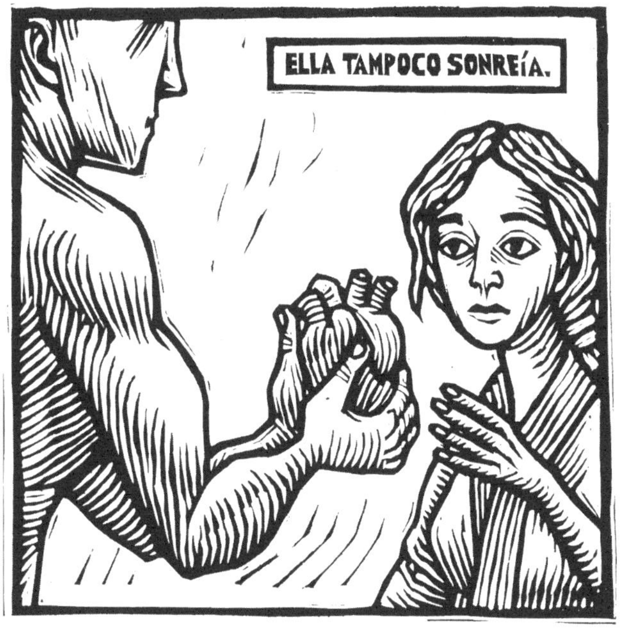
ELLA TAMPOCO SONREÍA.

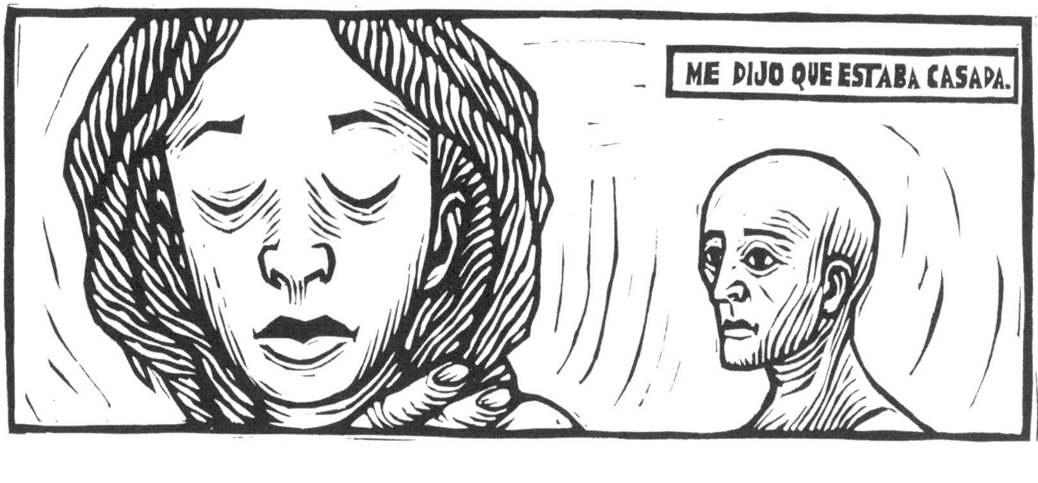
ME DIJO QUE ESTABA CASADA.

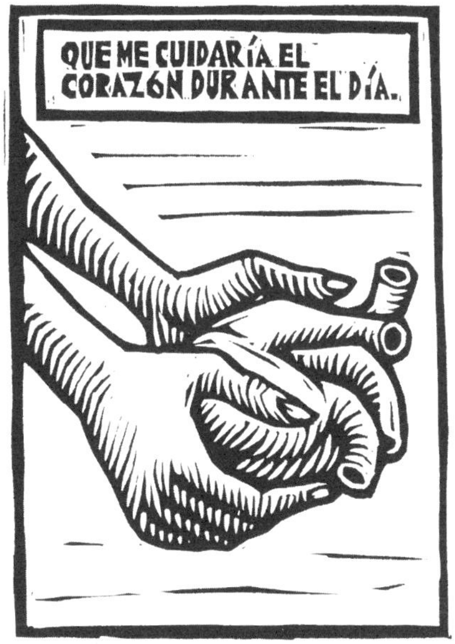
QUE ME CUIDARÍA EL CORAZÓN DURANTE EL DÍA.

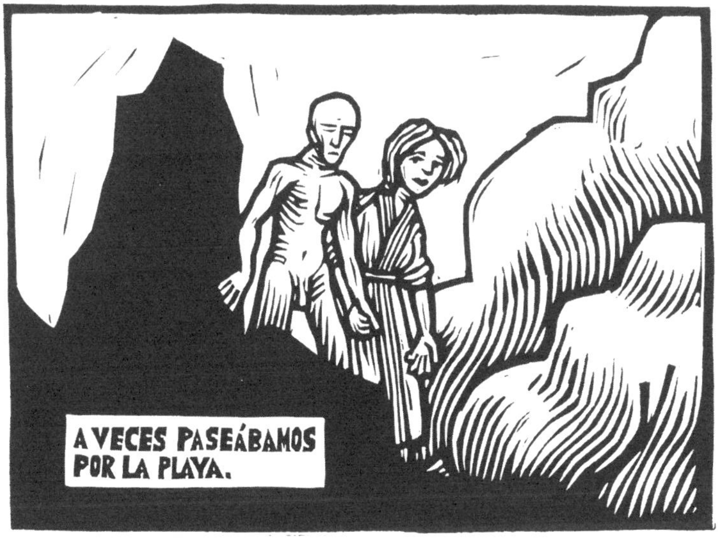
A VECES PASEÁBAMOS
POR LA PLAYA.

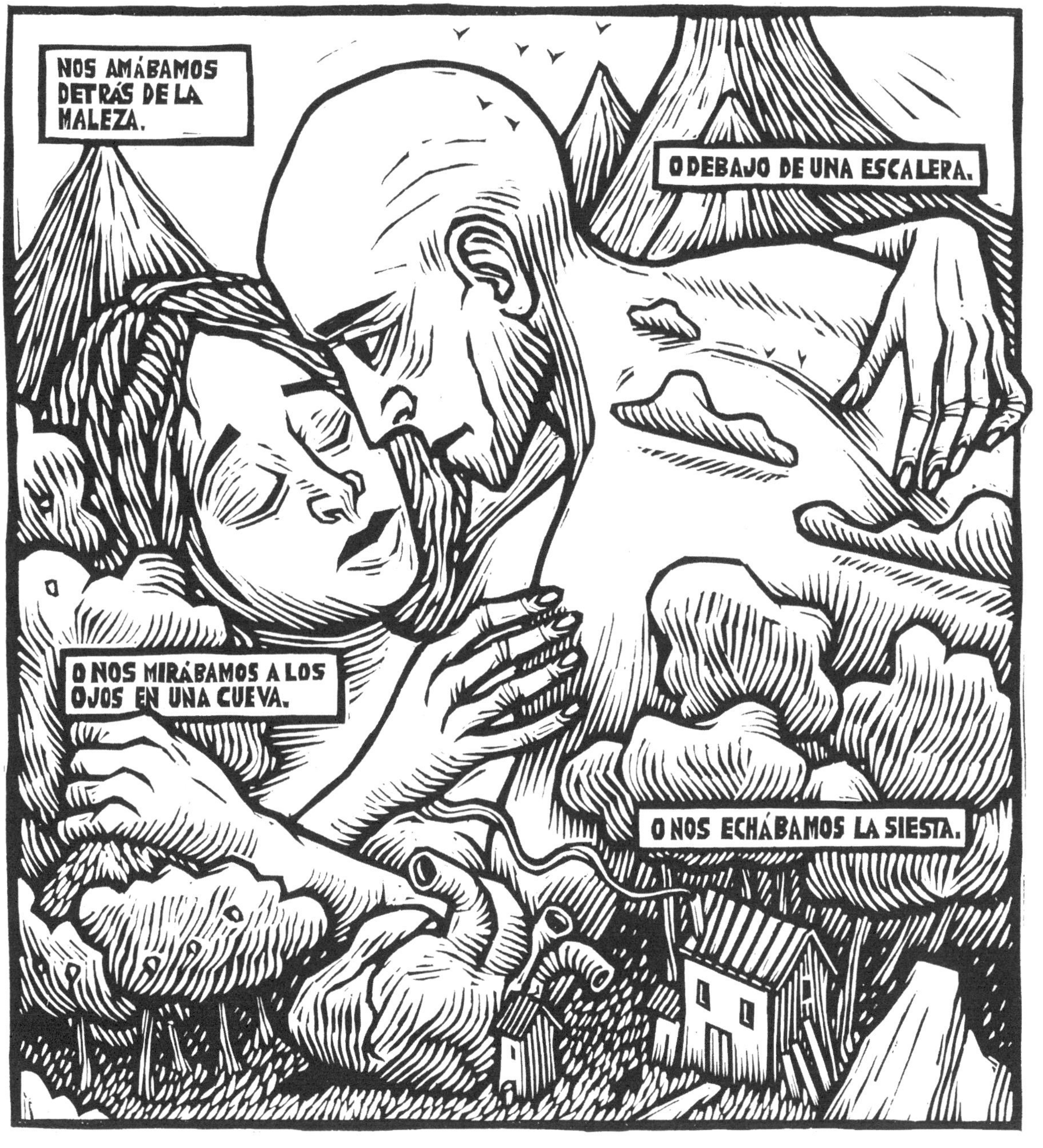
NOS AMÁBAMOS DETRÁS DE LA MALEZA.
O DEBAJO DE UNA ESCALERA.
O NOS MIRÁBAMOS A LOS OJOS EN UNA CUEVA.
O NOS ECHÁBAMOS LA SIESTA.

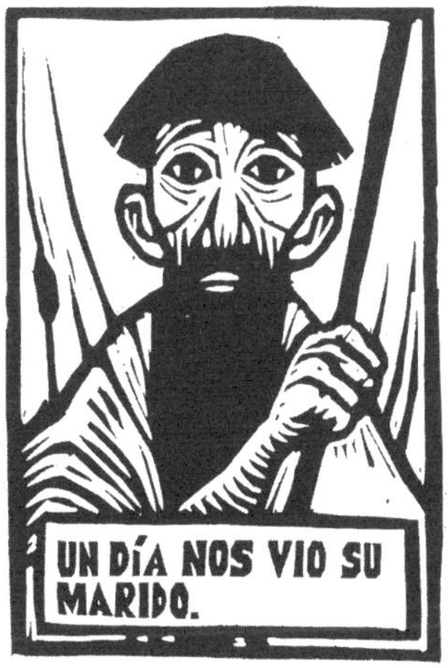
UN DÍA NOS VIO SU MARIDO.

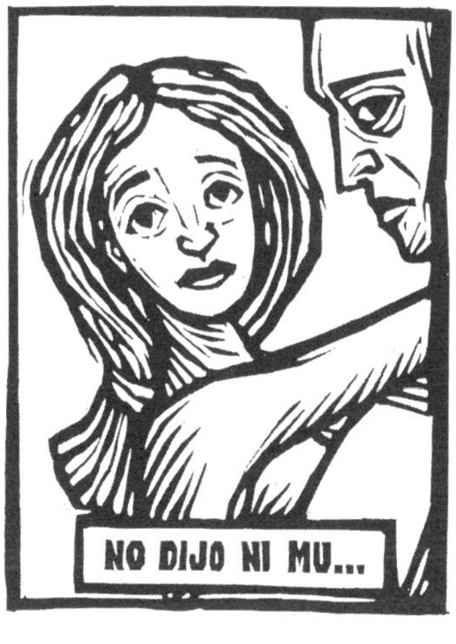
NO DIJO NI MU...

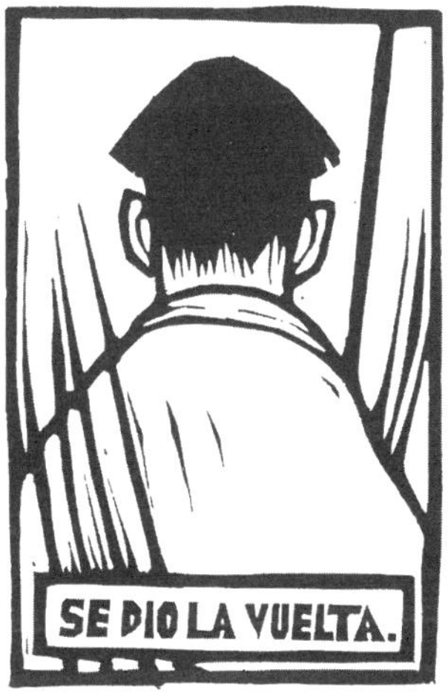
SE DIO LA VUELTA.

INÉS TAMPOCO DIJO NADA.

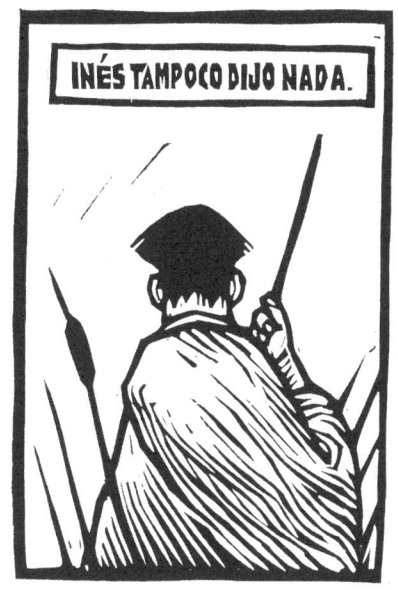

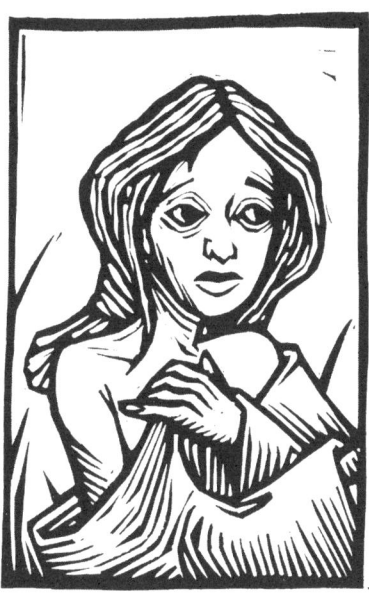

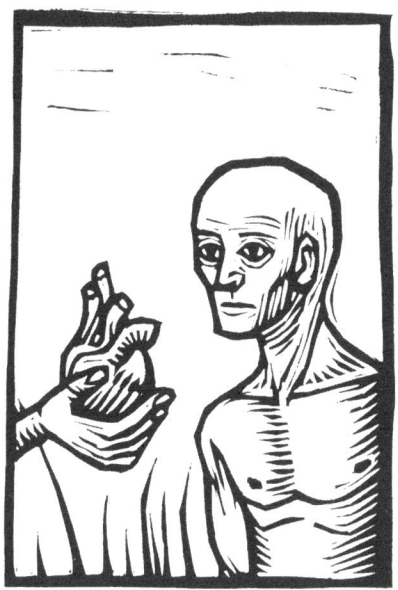

DEL CORAZÓN
SALIERON RAÍCES.

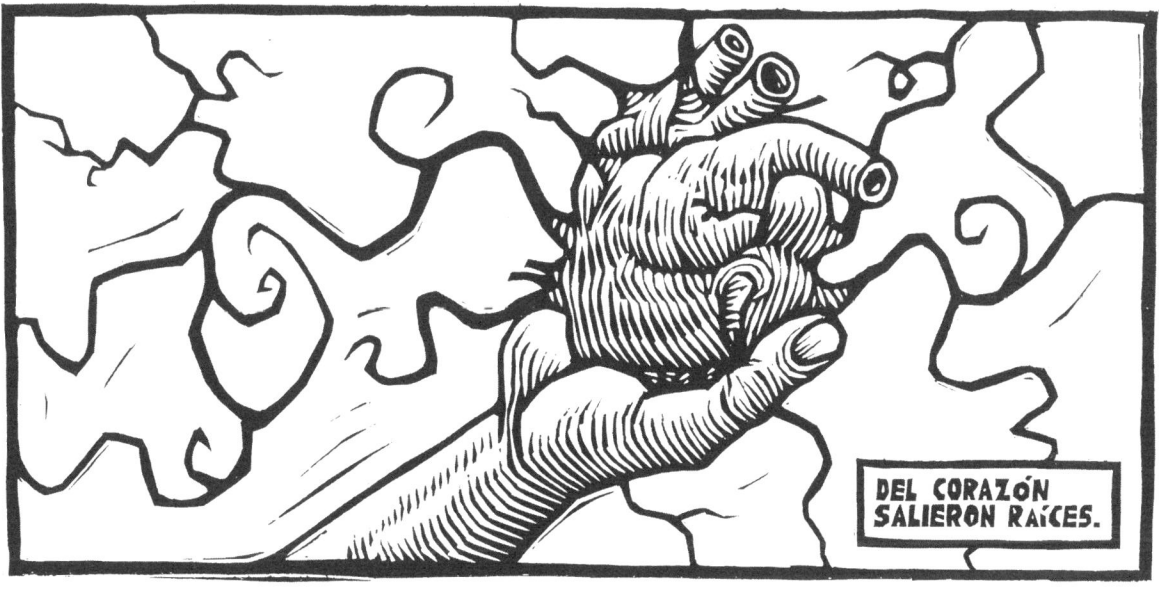

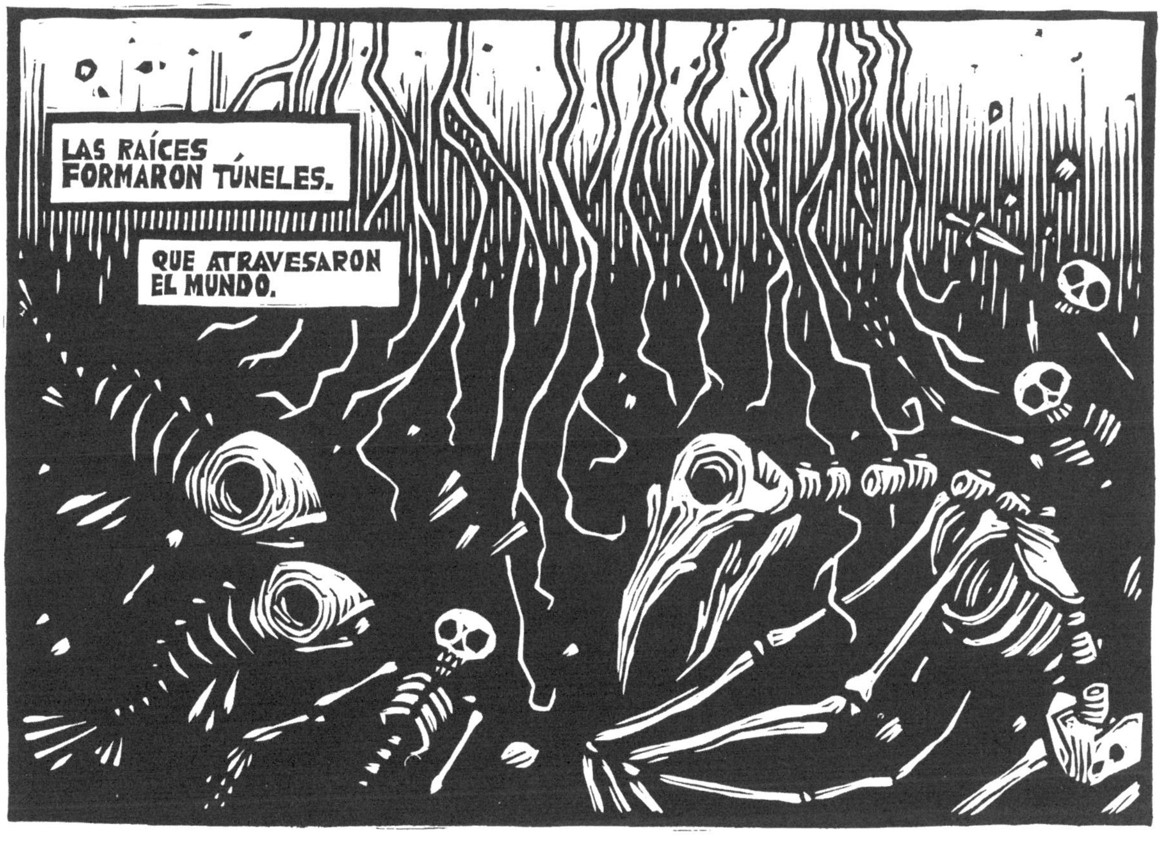
LAS RAÍCES FORMARON TÚNELES.
QUE ATRAVESARON EL MUNDO.

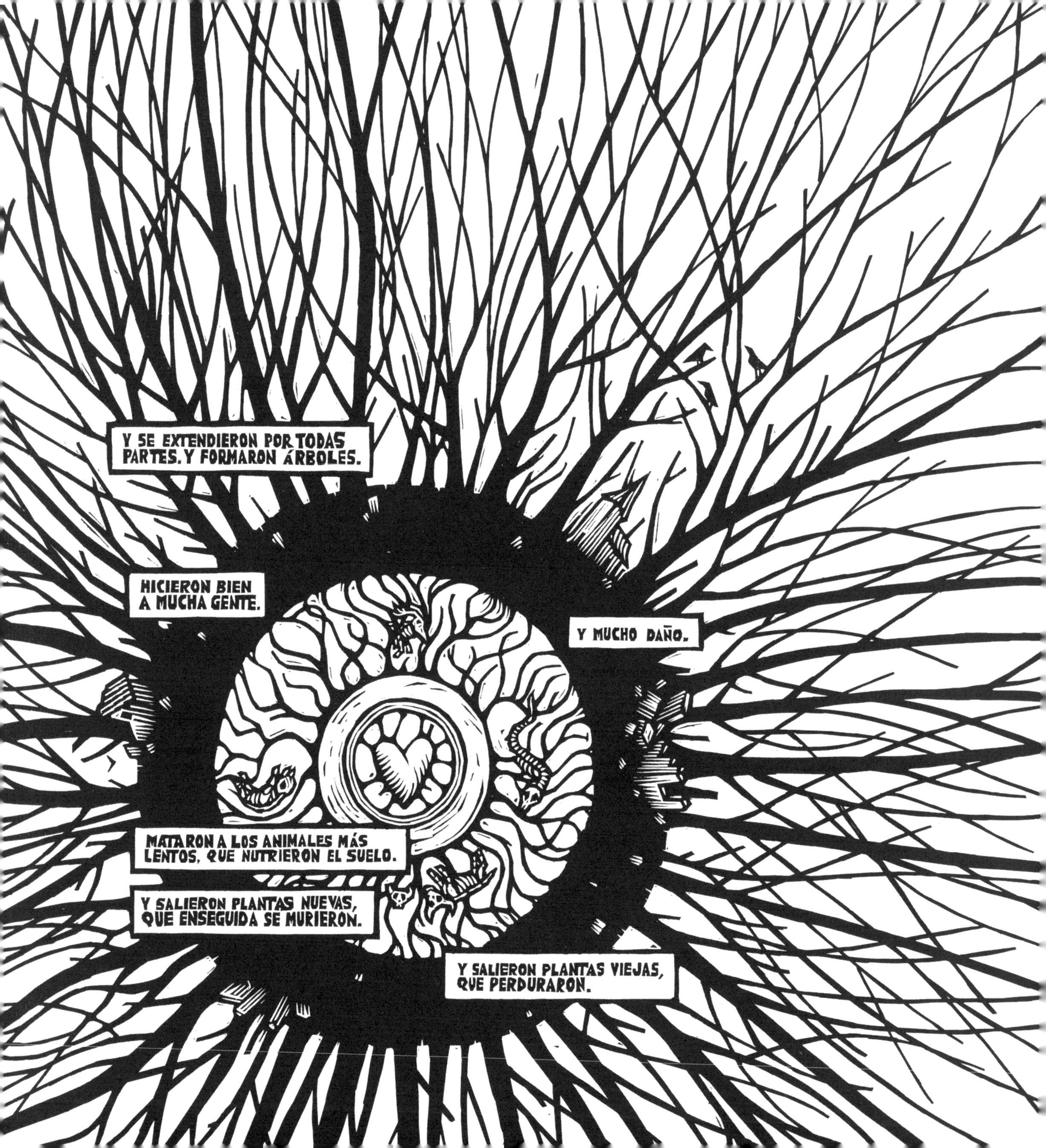
Y SE EXTENDIERON POR TODAS PARTES. Y FORMARON ÁRBOLES.
HICIERON BIEN A MUCHA GENTE.
Y MUCHO DAÑO.
MATARON A LOS ANIMALES MÁS LENTOS, QUE NUTRIERON EL SUELO.
Y SALIERON PLANTAS NUEVAS, QUE ENSEGUIDA SE MURIERON.
Y SALIERON PLANTAS VIEJAS, QUE PERDURARON.

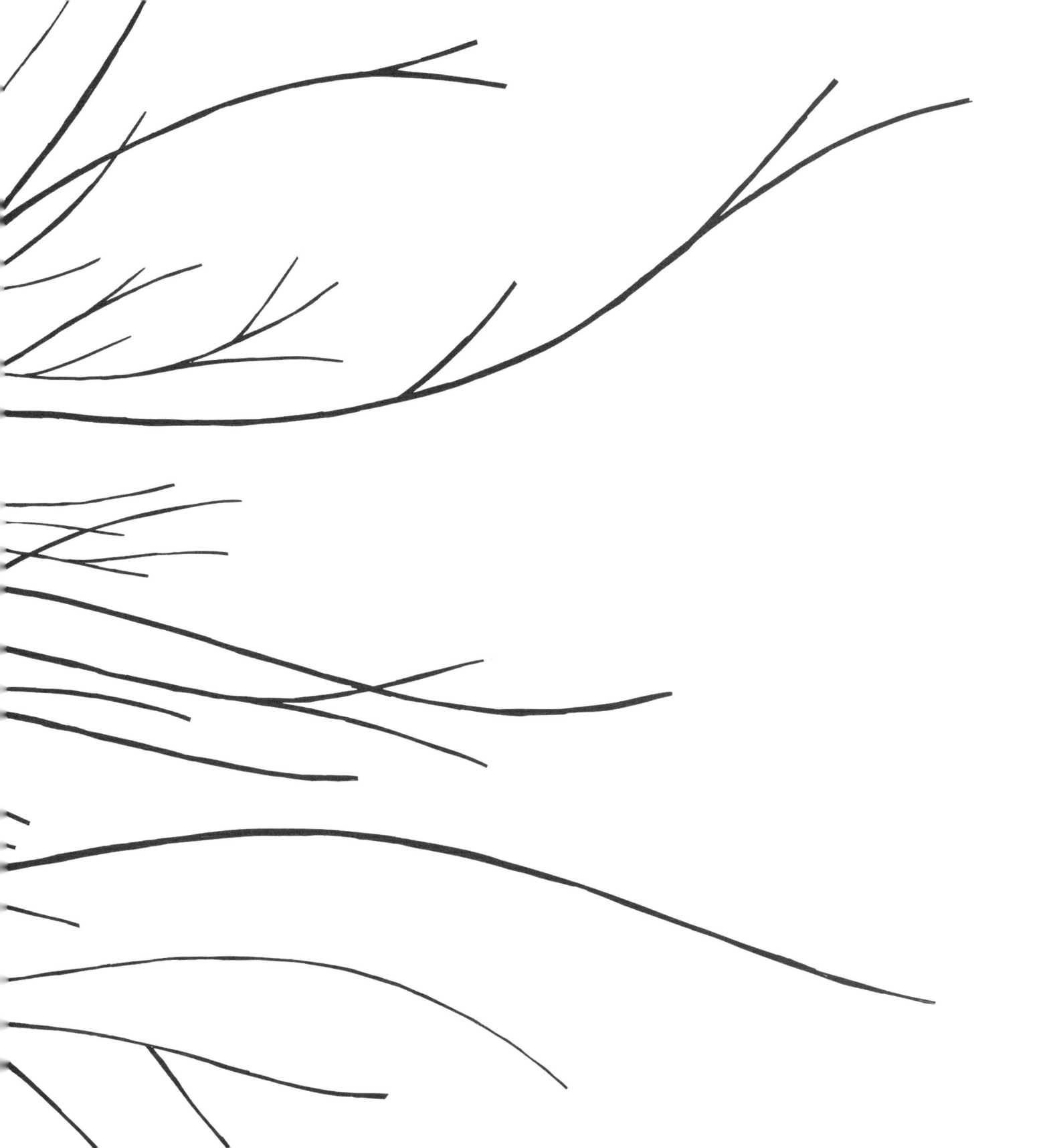

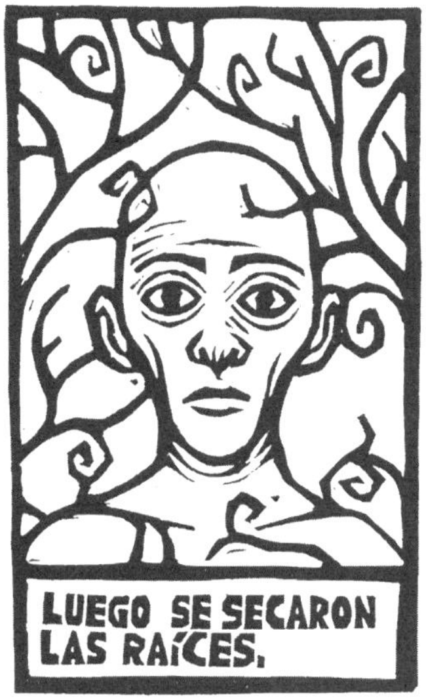
LUEGO SE SECARON
LAS RAÍCES.

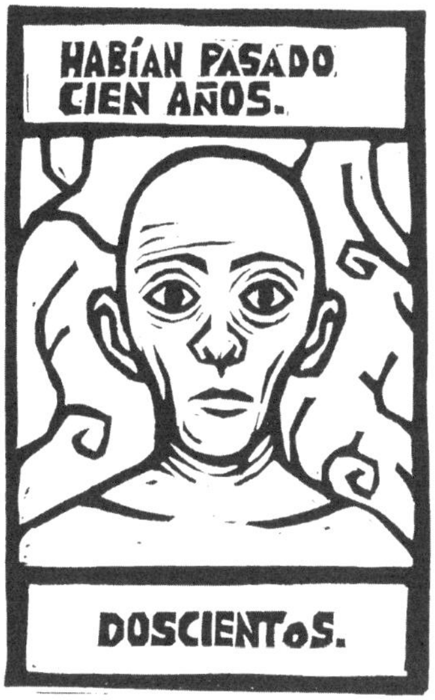
HABÍAN PASADO CIEN AÑOS.
DOSCIENTOS.

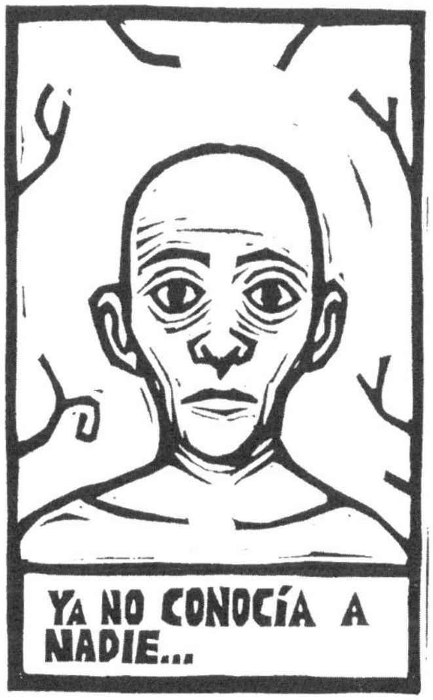
YA NO CONOCÍA A NADIE...

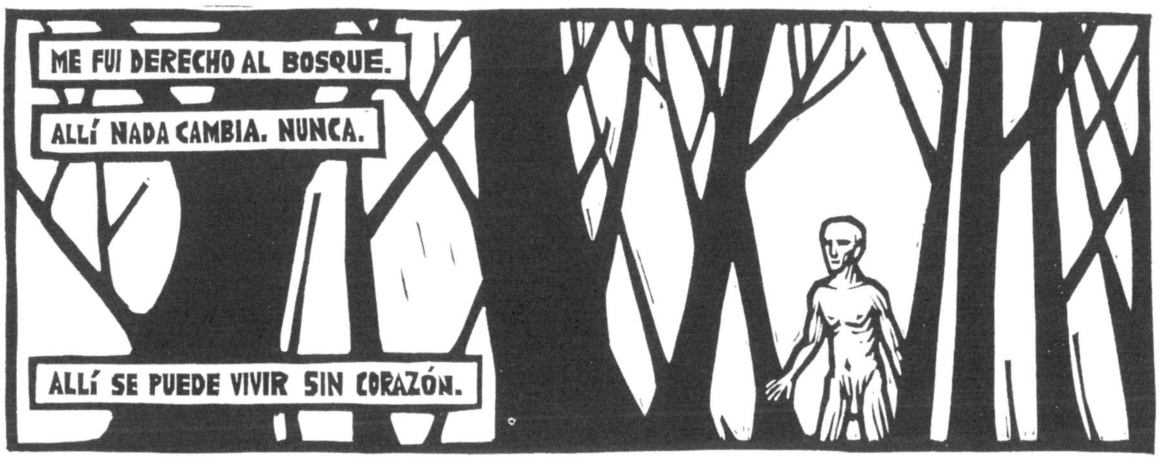
ME FUI DERECHO AL BOSQUE.
ALLÍ NADA CAMBIA. NUNCA.
ALLÍ SE PUEDE VIVIR SIN CORAZÓN.

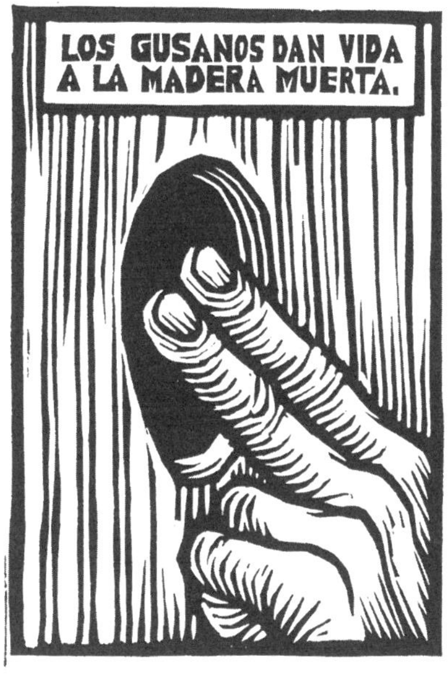
LOS GUSANOS DAN VIDA
A LA MADERA MUERTA.

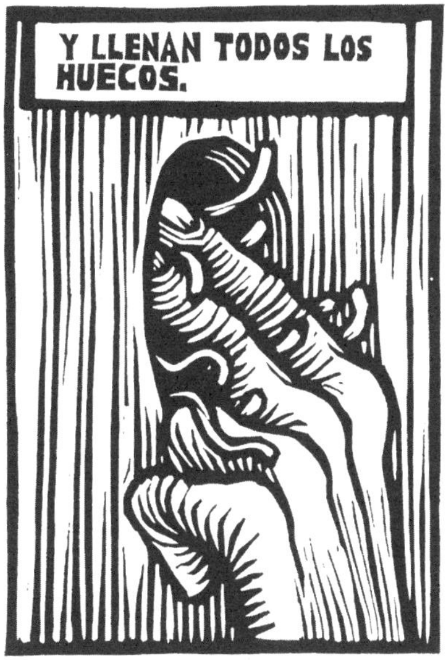
Y LLENAN TODOS LOS
HUECOS.

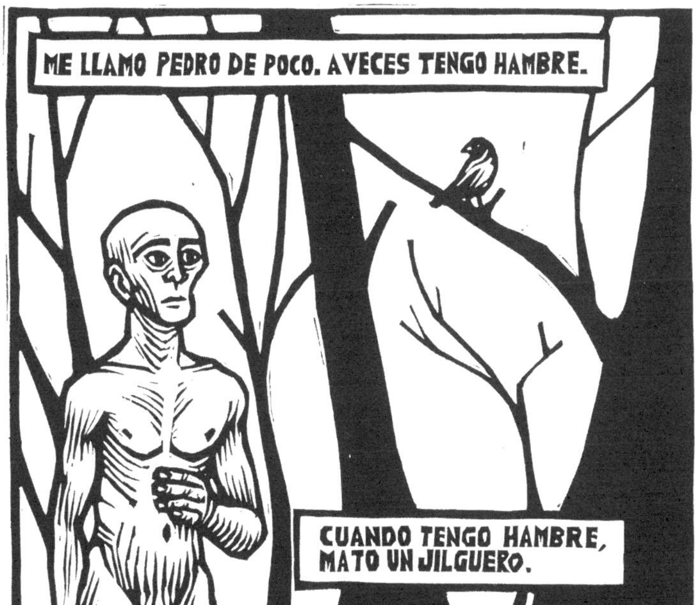
ME LLAMO PEDRO DE POCO. AVECES TENGO HAMBRE.
CUANDO TENGO HAMBRE, MATO UN JILGUERO.

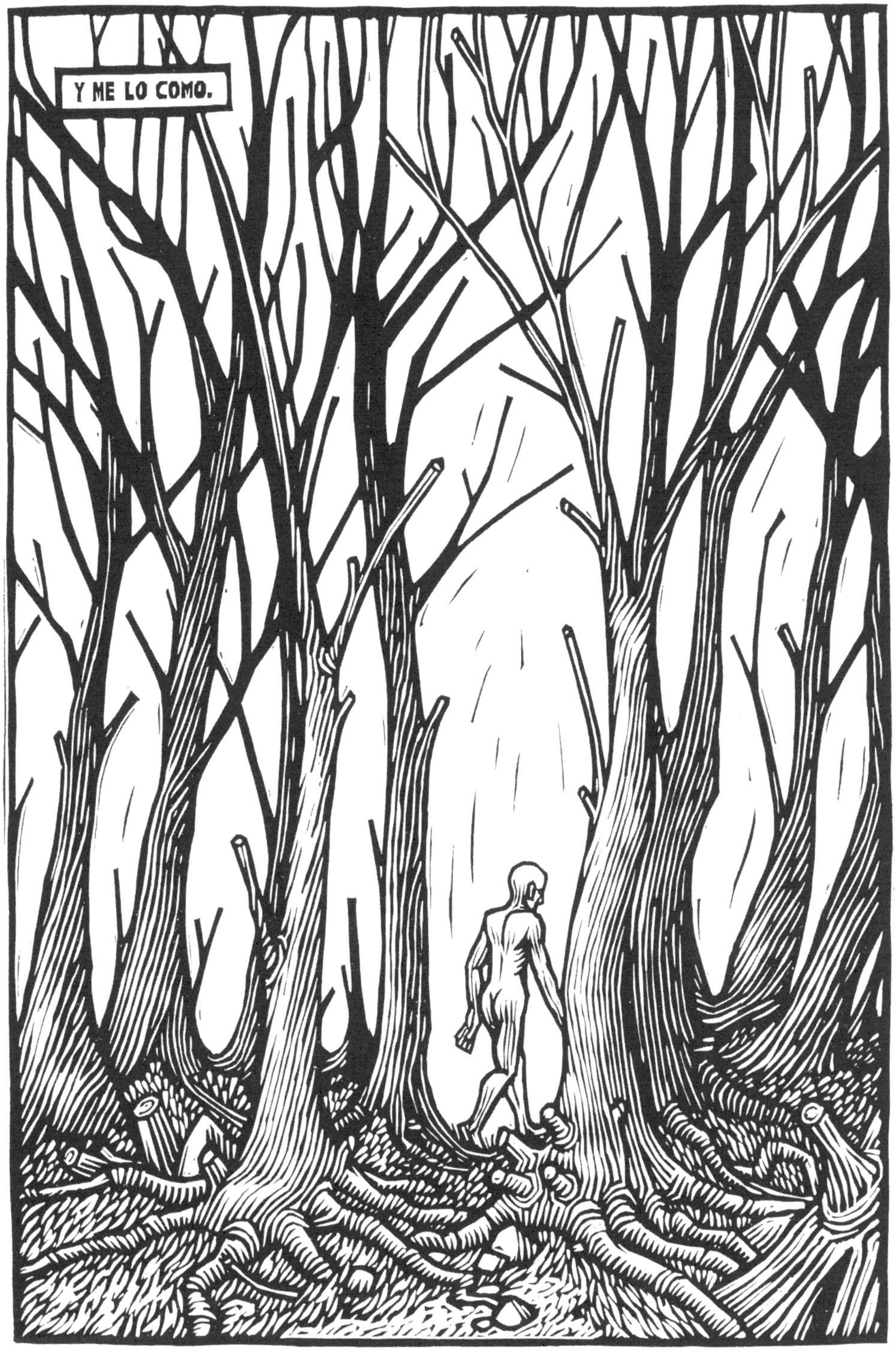
Y ME LO COMO.

FIN

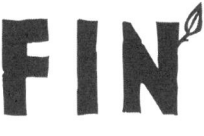

APÉNDICE

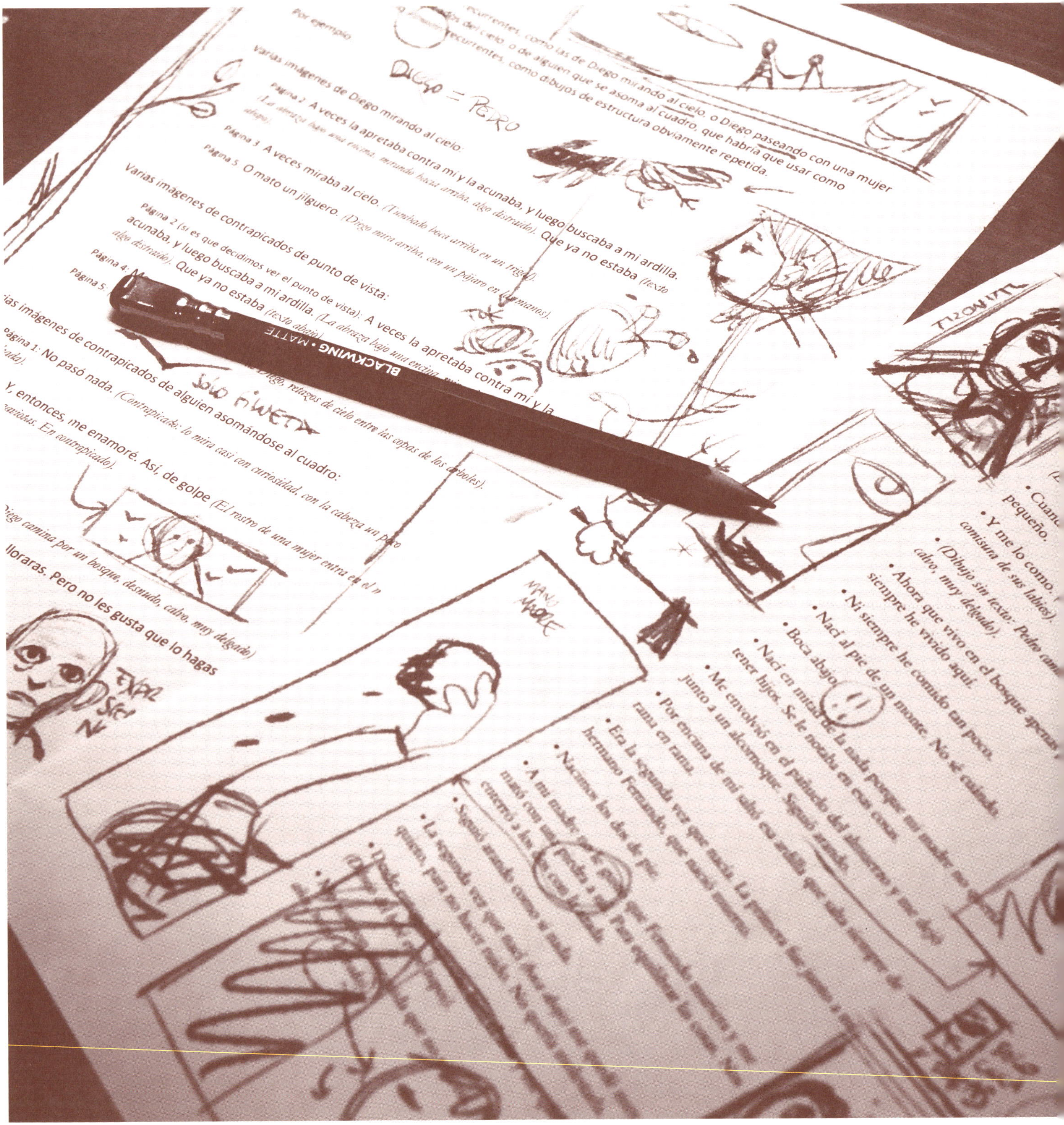

Por ejemplo
Varias imágenes de Diego mirando al cielo:
Página 2. A veces la apretaba contra mí y la acunaba, y luego buscaba a mi ardilla.
Página 3. A veces miraba al cielo.
Página 5. O mato un jilguero.
Que ya no estaba
Varias imágenes de contrapicados de punto de vista:
Página 2 (si es que decidimos ver el punto de vista): A veces la apretaba contra mí y la
acunaba, y luego buscaba a mi ardilla.
Que ya no estaba
Varias imágenes de contrapicados de alguien asomándose al cuadro:
Página 1: No pasó nada.
Y, entonces, me enamoré. Así, de golpe
lloraras. Pero no les gusta que lo hagas
recurrentes, como dibujos de estructura obviamente repetida.
DIEGO = PEDRO
BLACKWING • MATTE
SOLO SILUETA
EXPRESIÓN
Ahora que vivo en el bosque apenas
Ni siempre he comido tan poco.
Ni siempre he vivido aquí.
Nací al pie de un monte.
Boca abajo.
Nací en mitad de la nada porque mi madre no quería tener hijos.
Me envolvió en el pañuelo del almuerzo y me dejó junto a un alcornoque.
Por encima de mí salió esa ardilla
Era la segunda vez que nacía.
hermano Fernando, que nació muerto.
Nacimos los dos de pie.

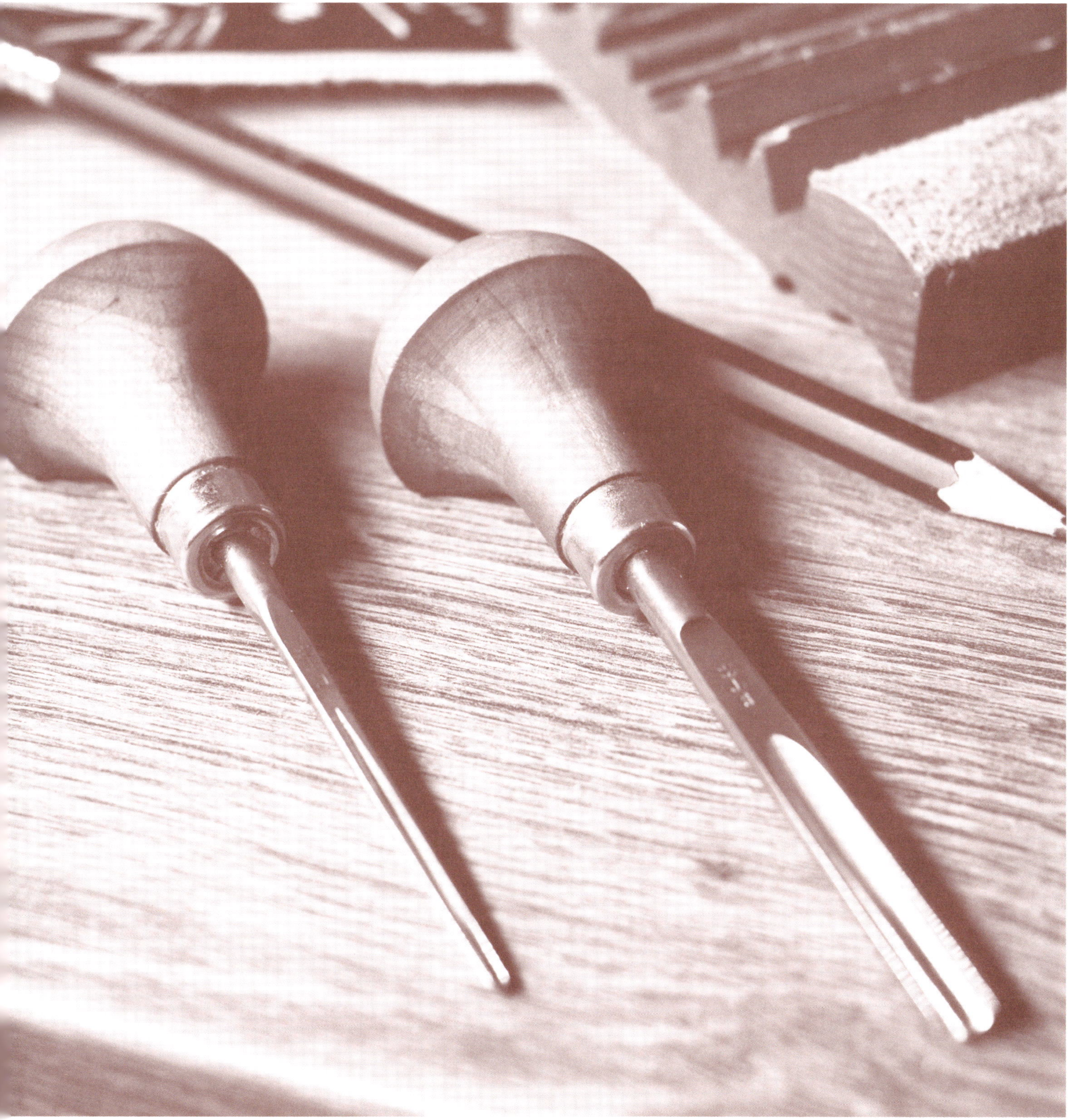

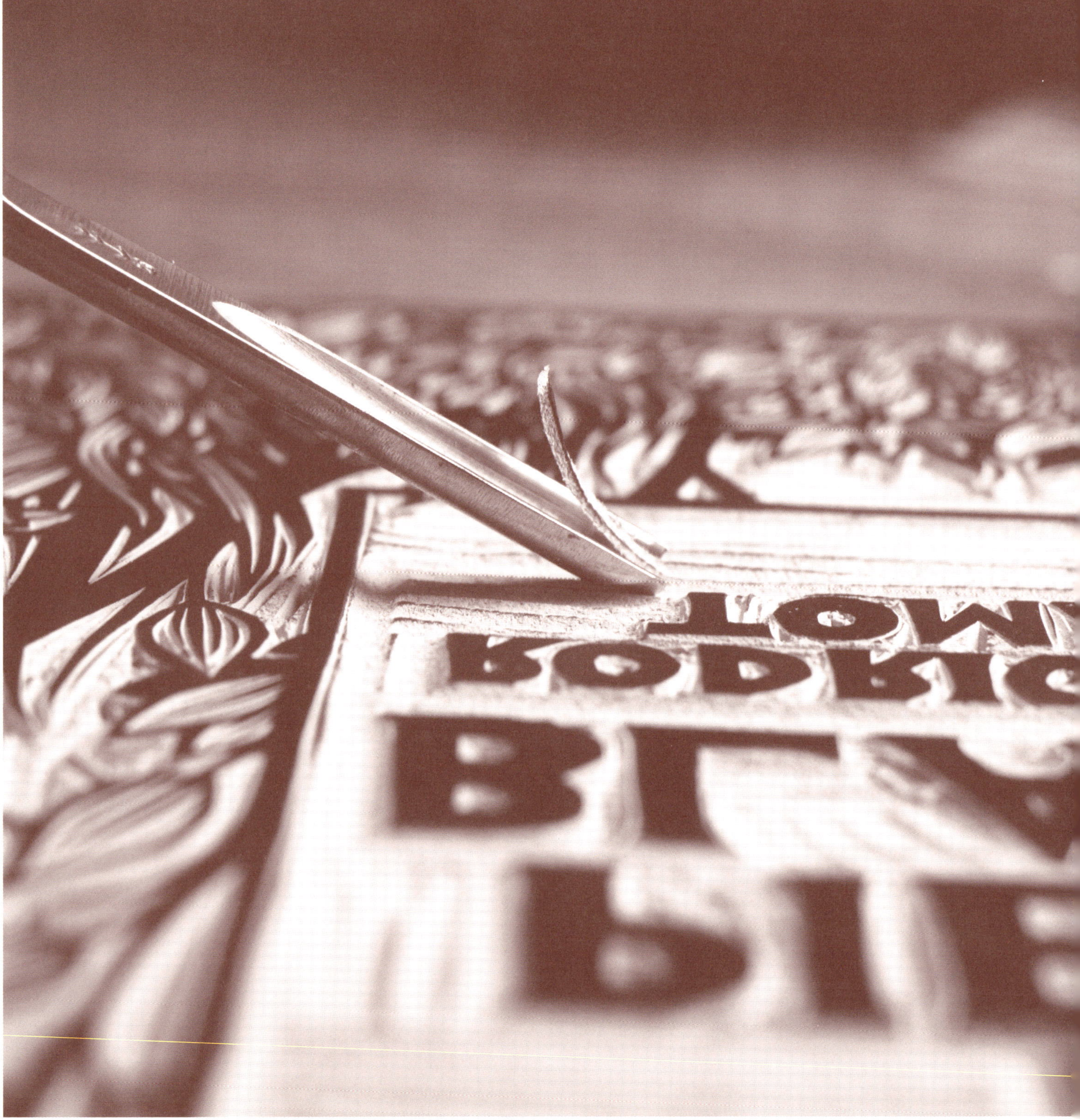

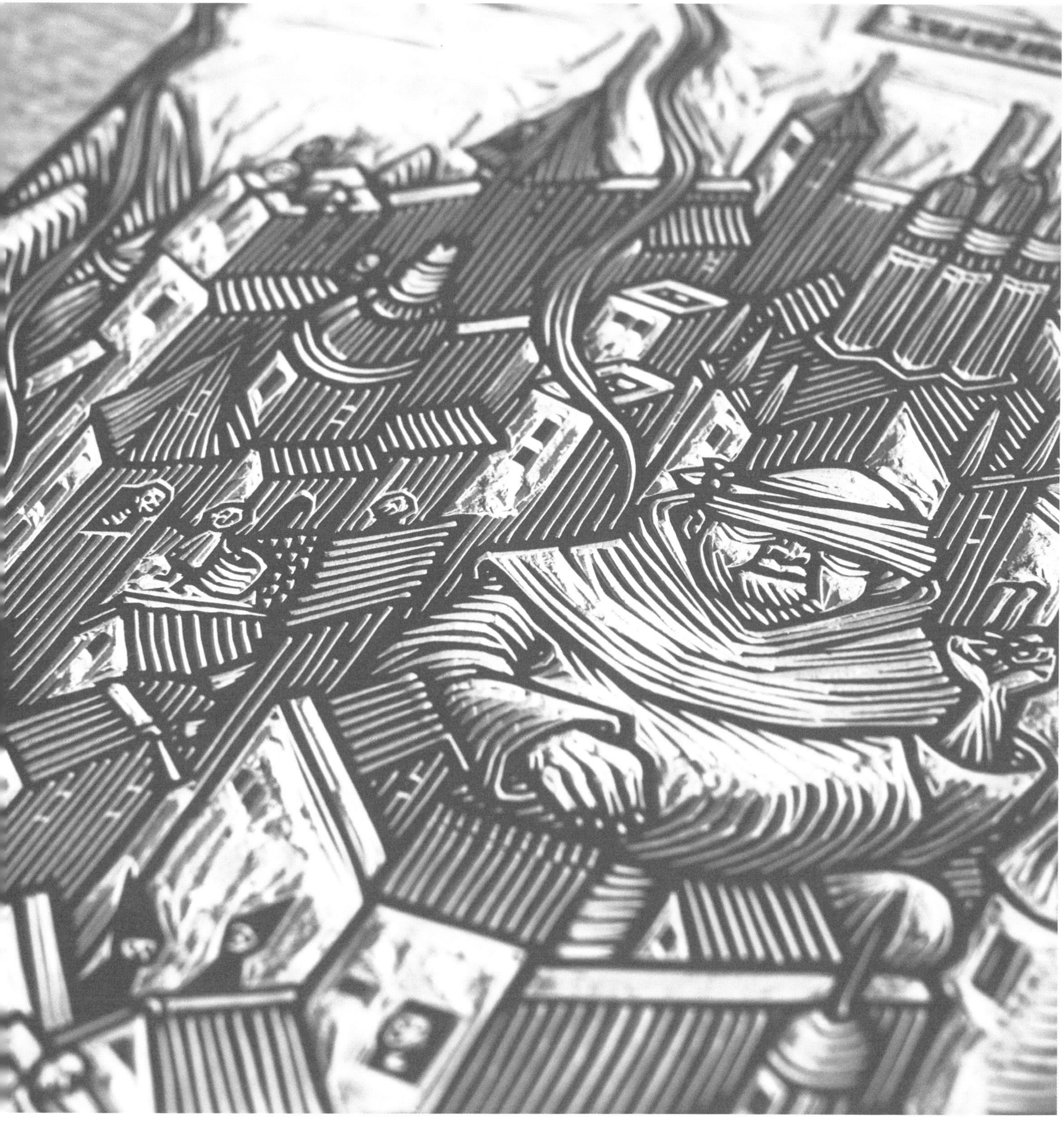

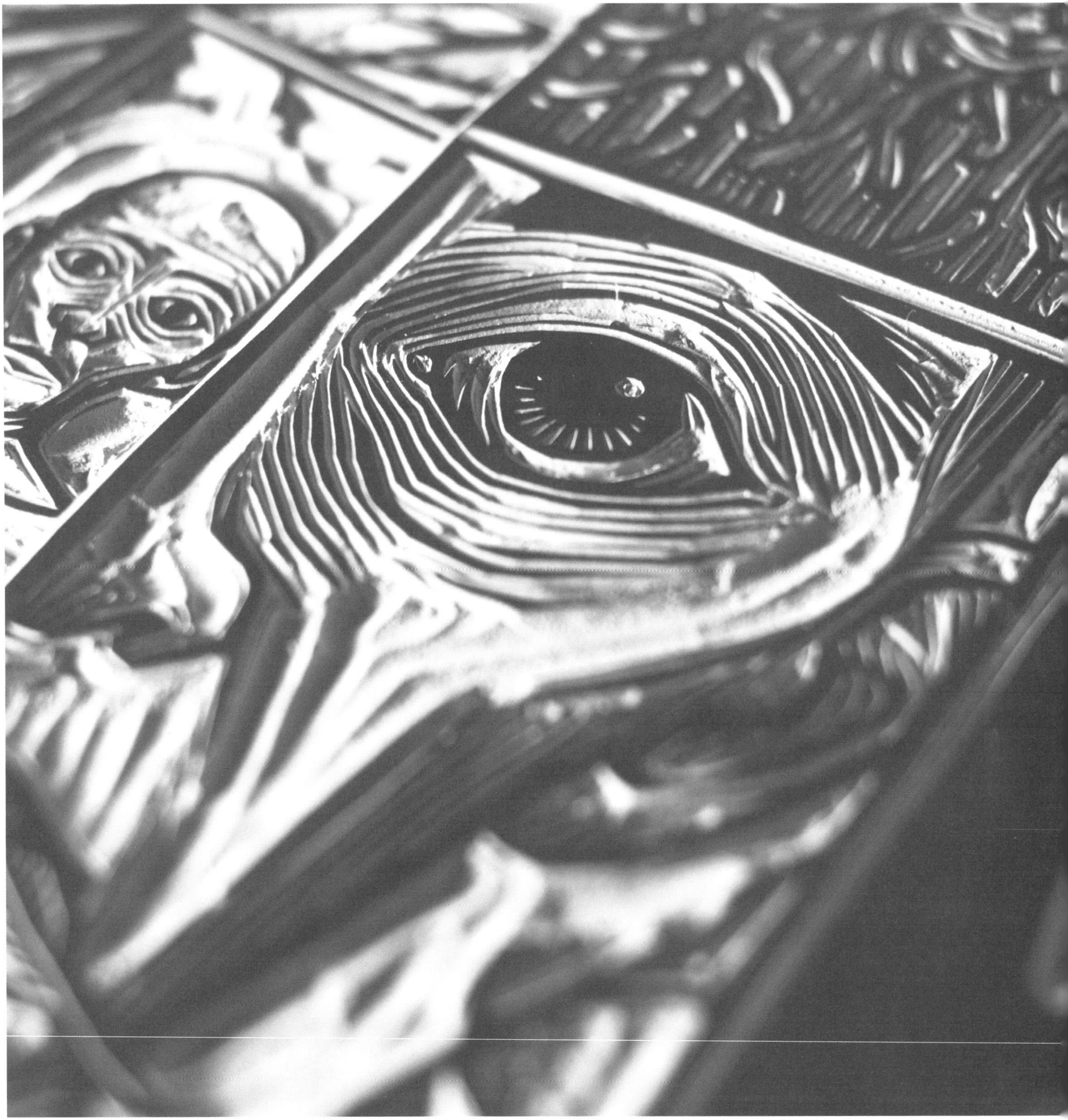

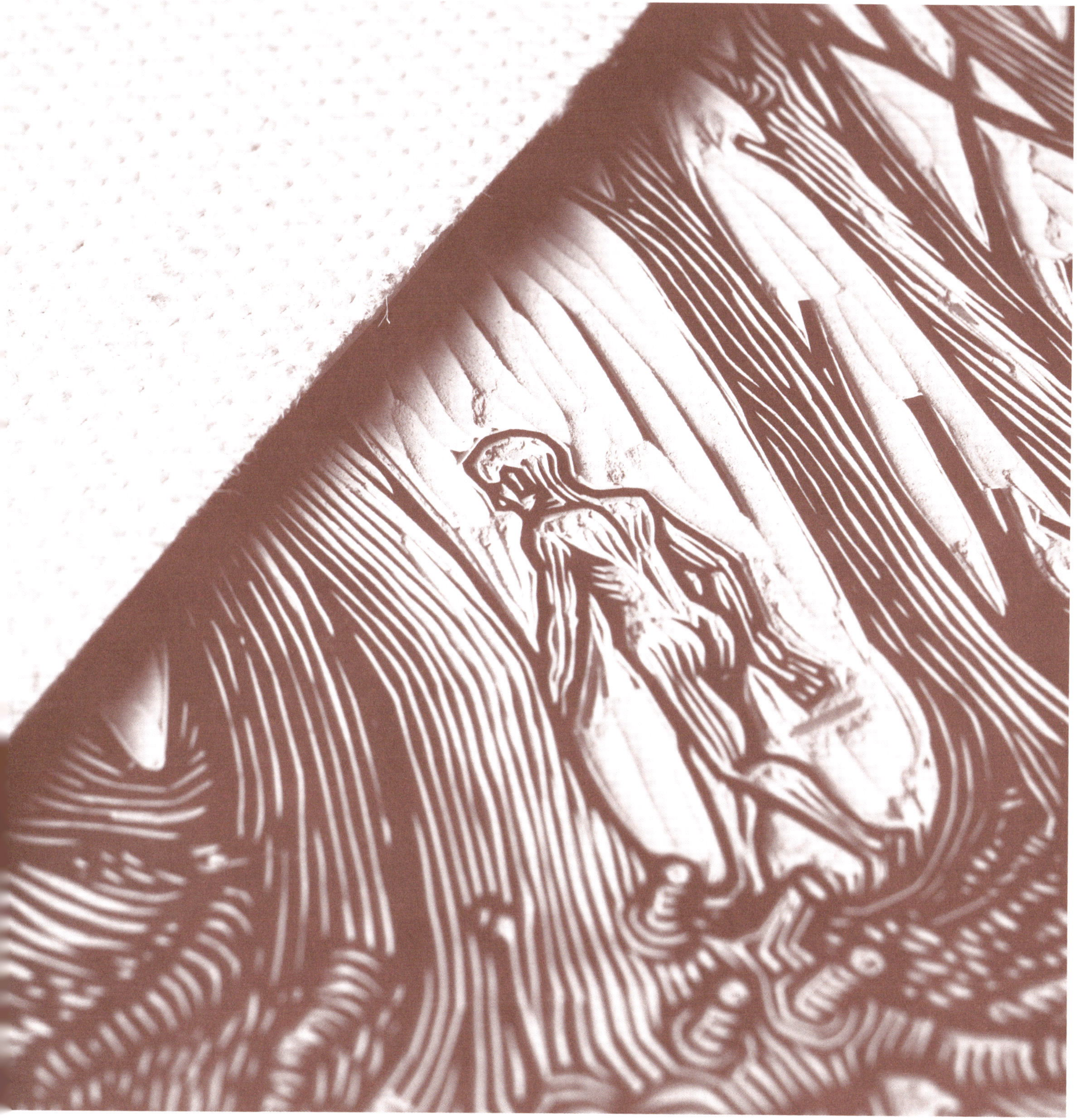

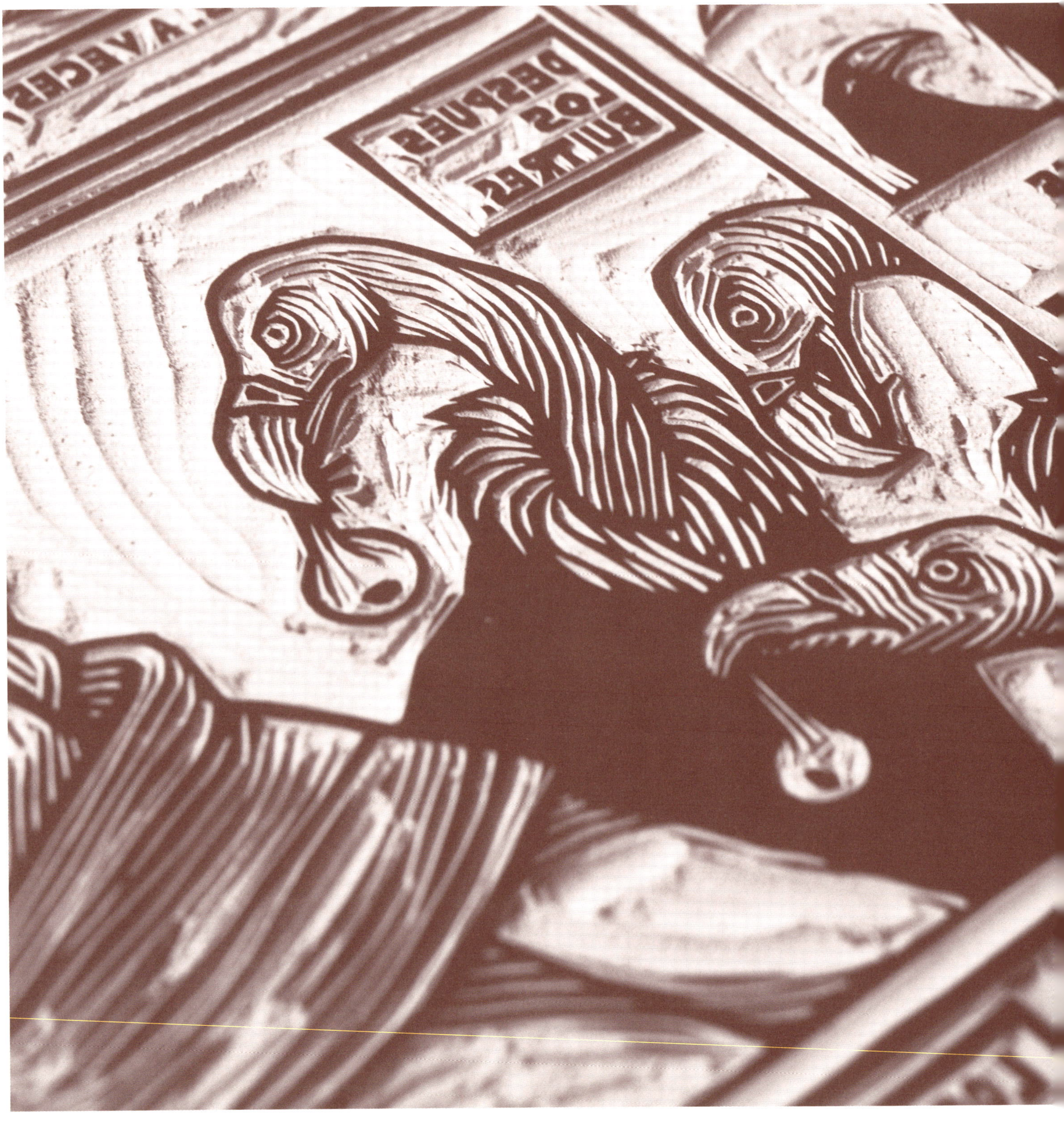
DESPUES
LOS
BUITRES

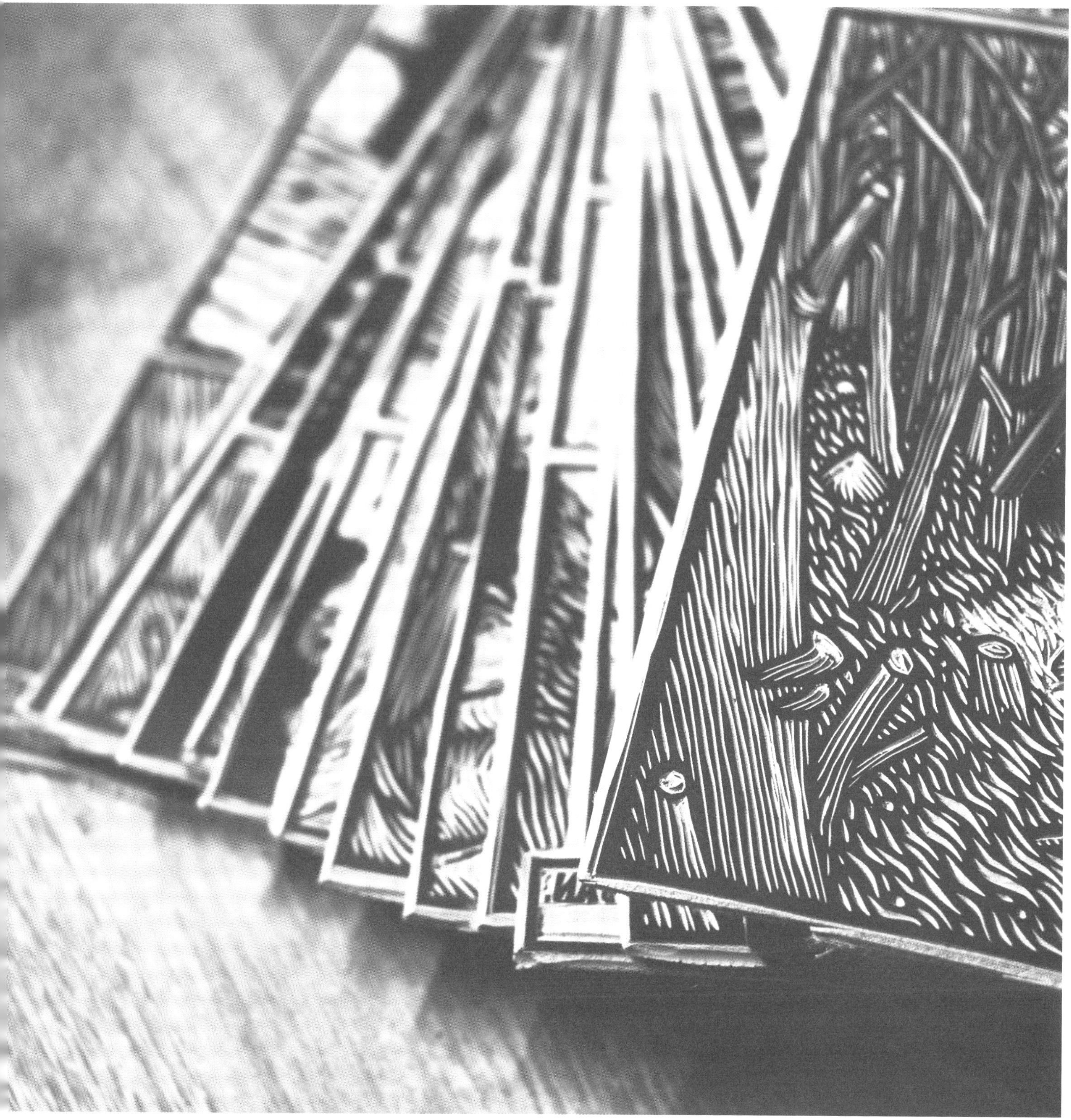

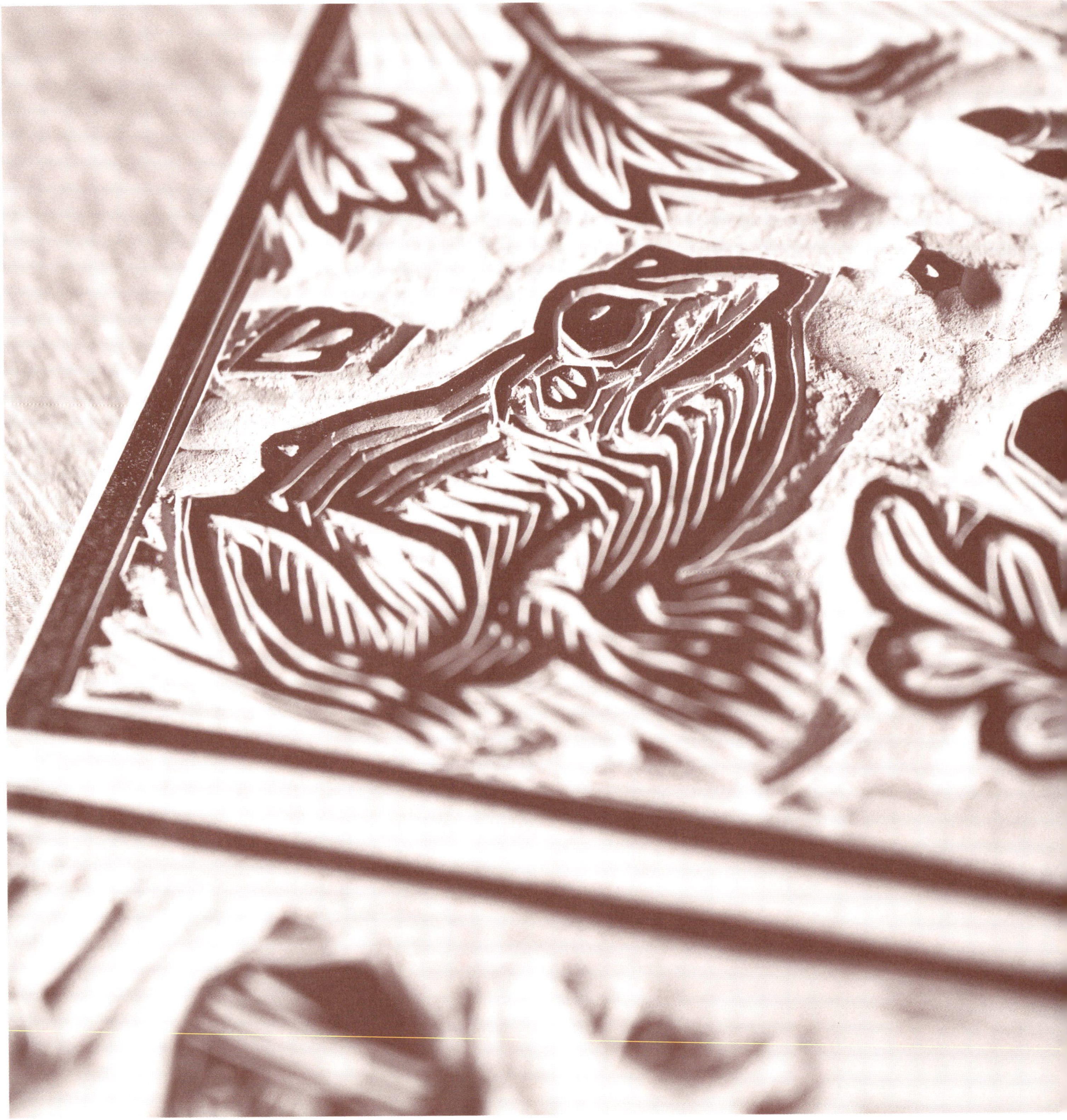

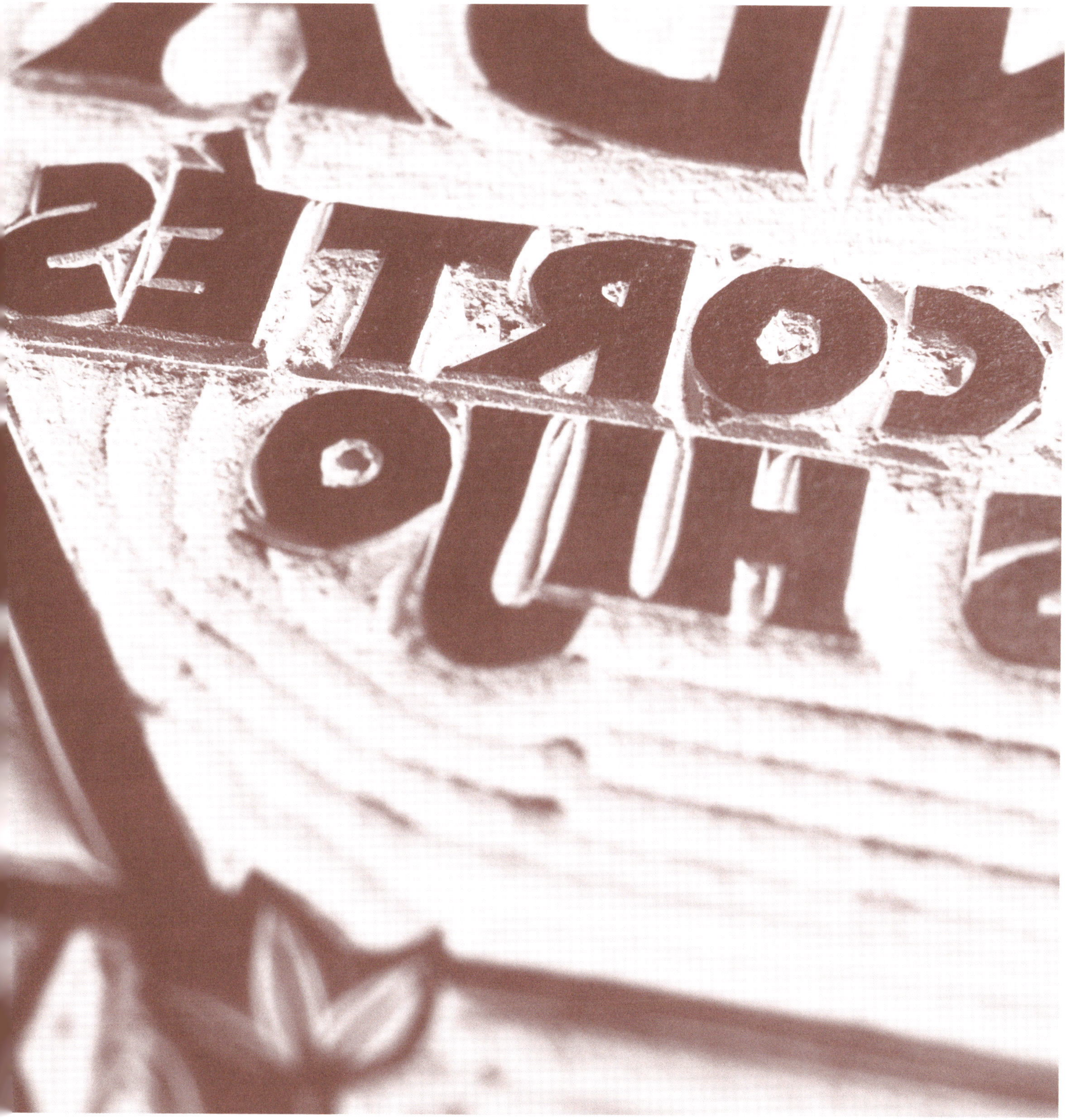

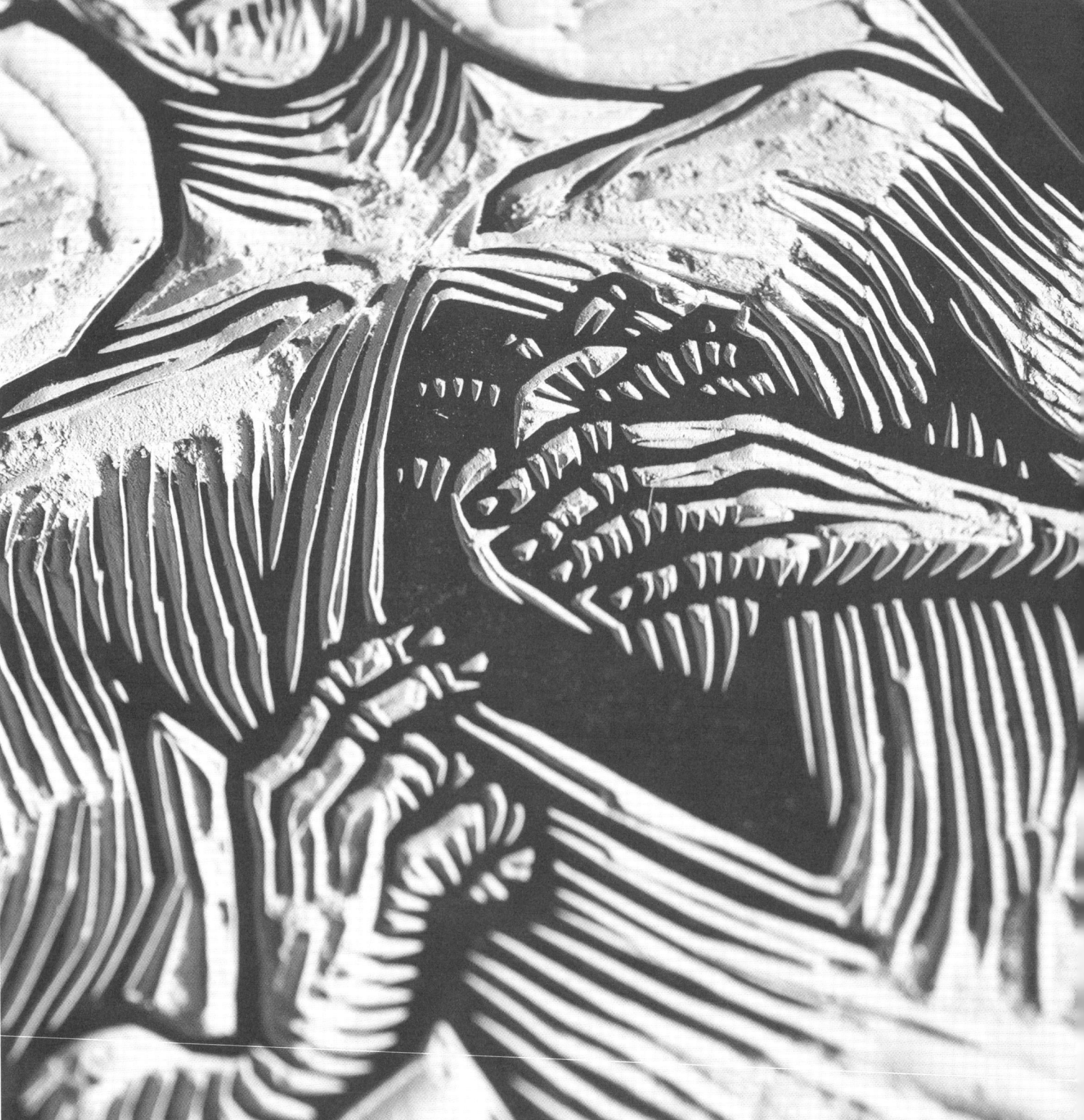

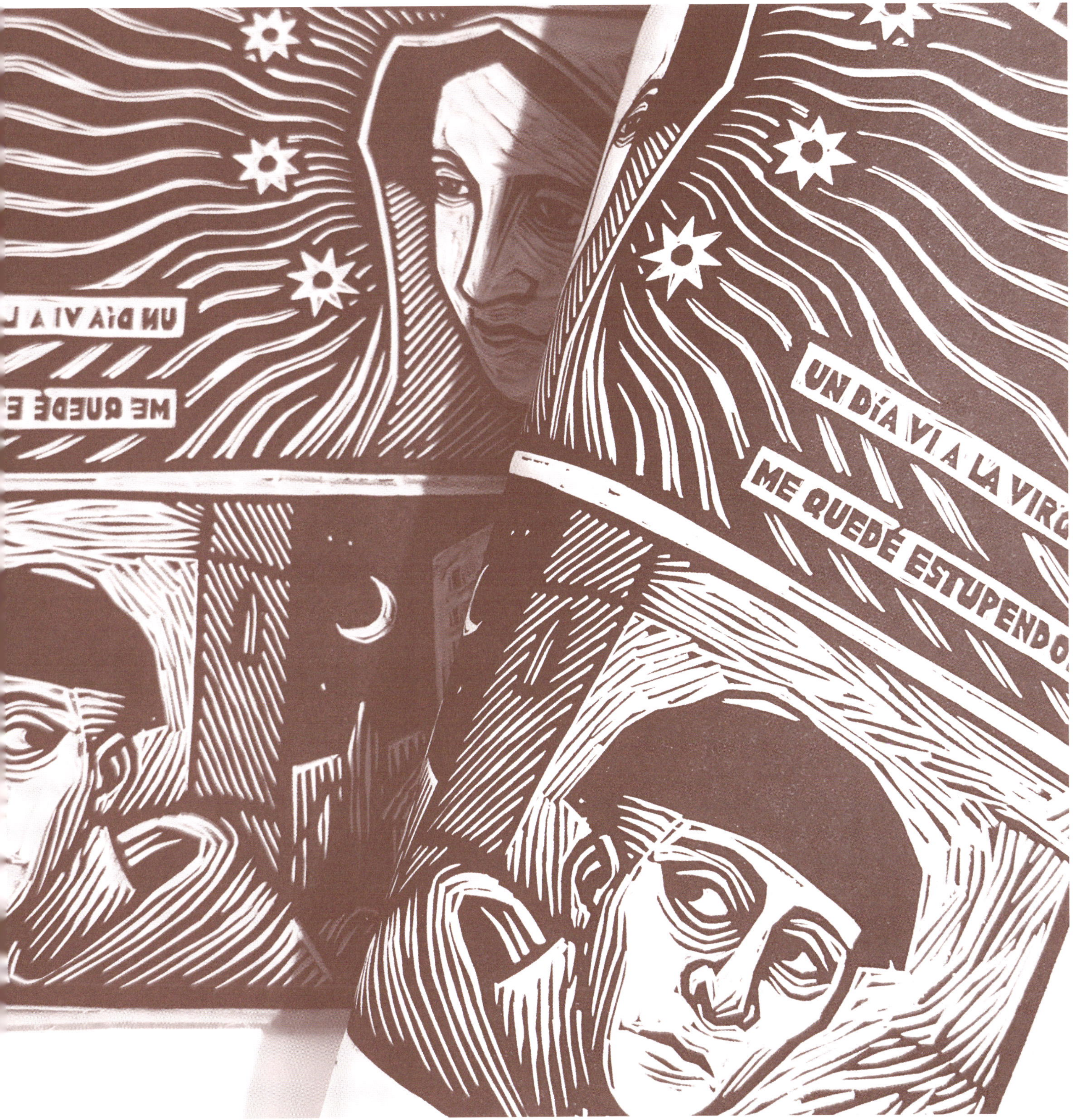
UN DÍA VI A LA VIRG
ME QUEDÉ ESTUPENDO

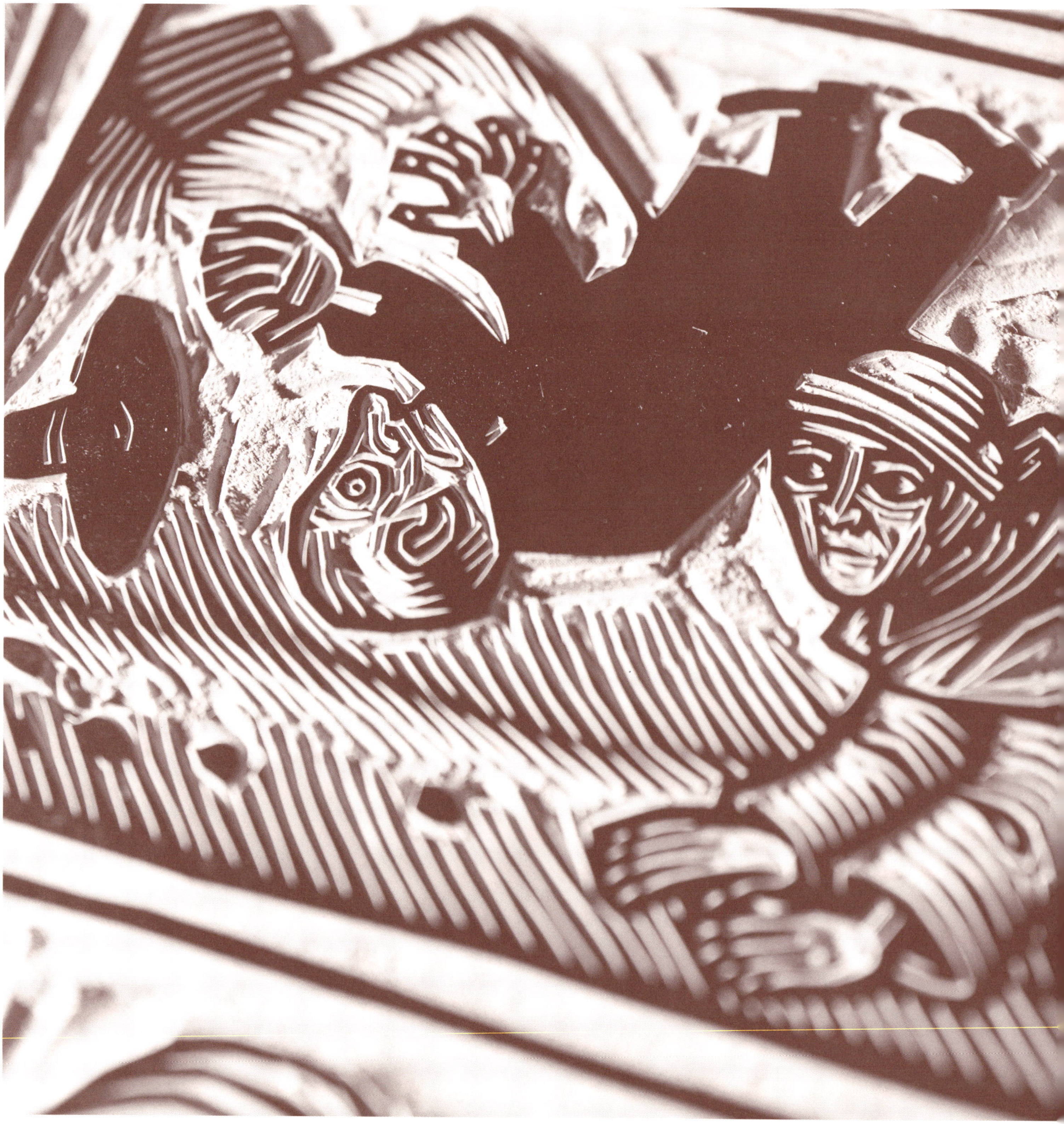

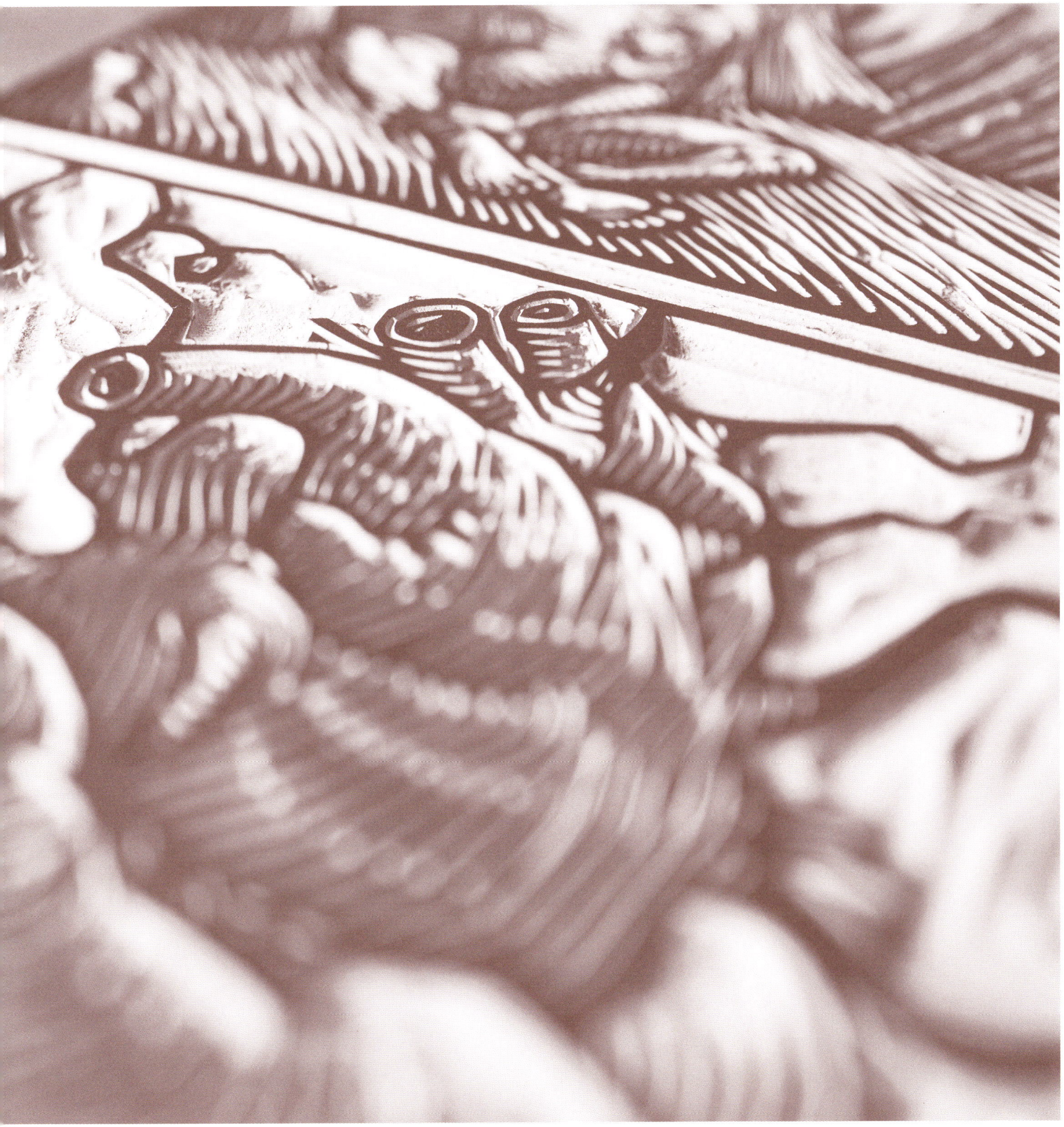

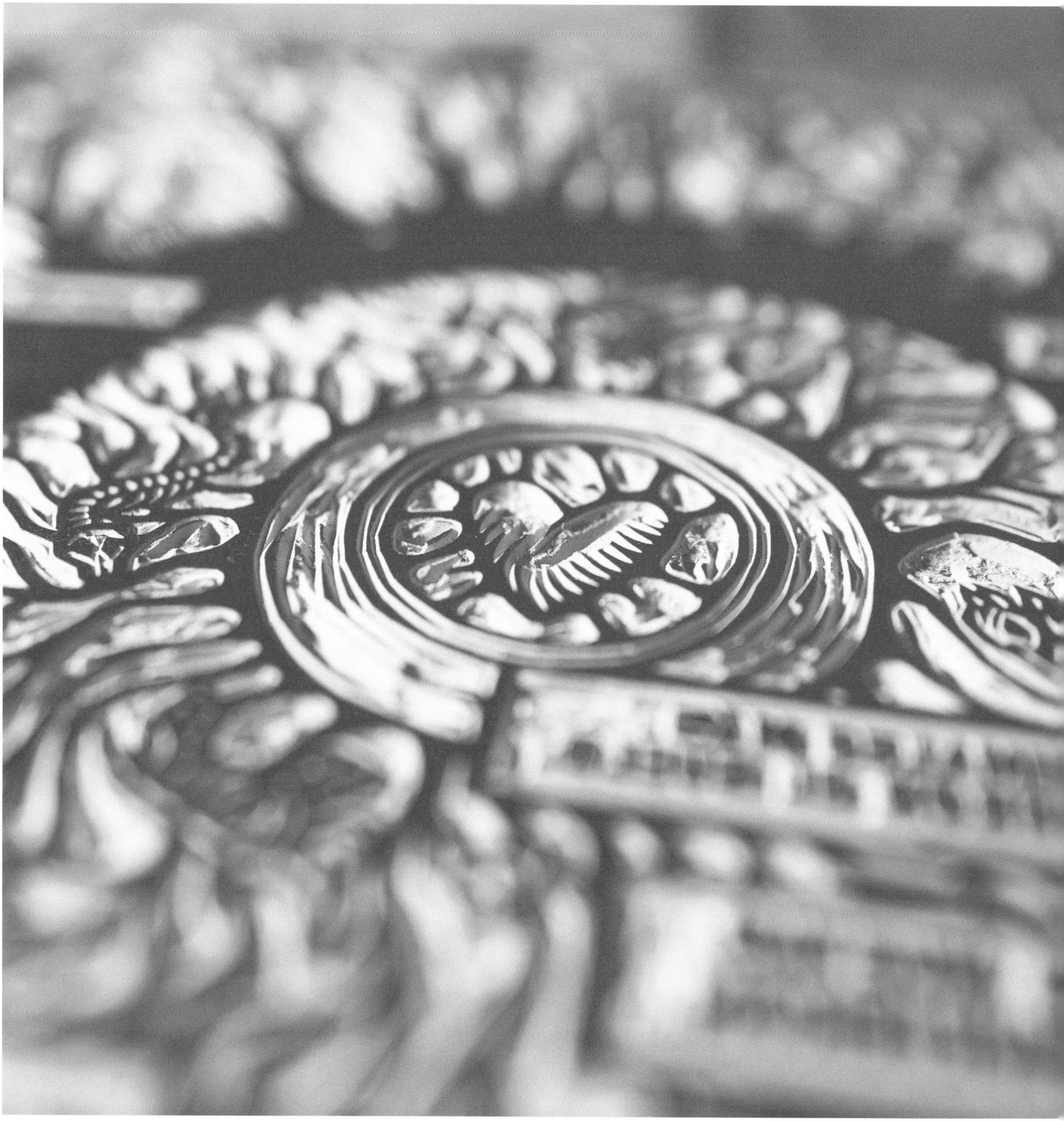

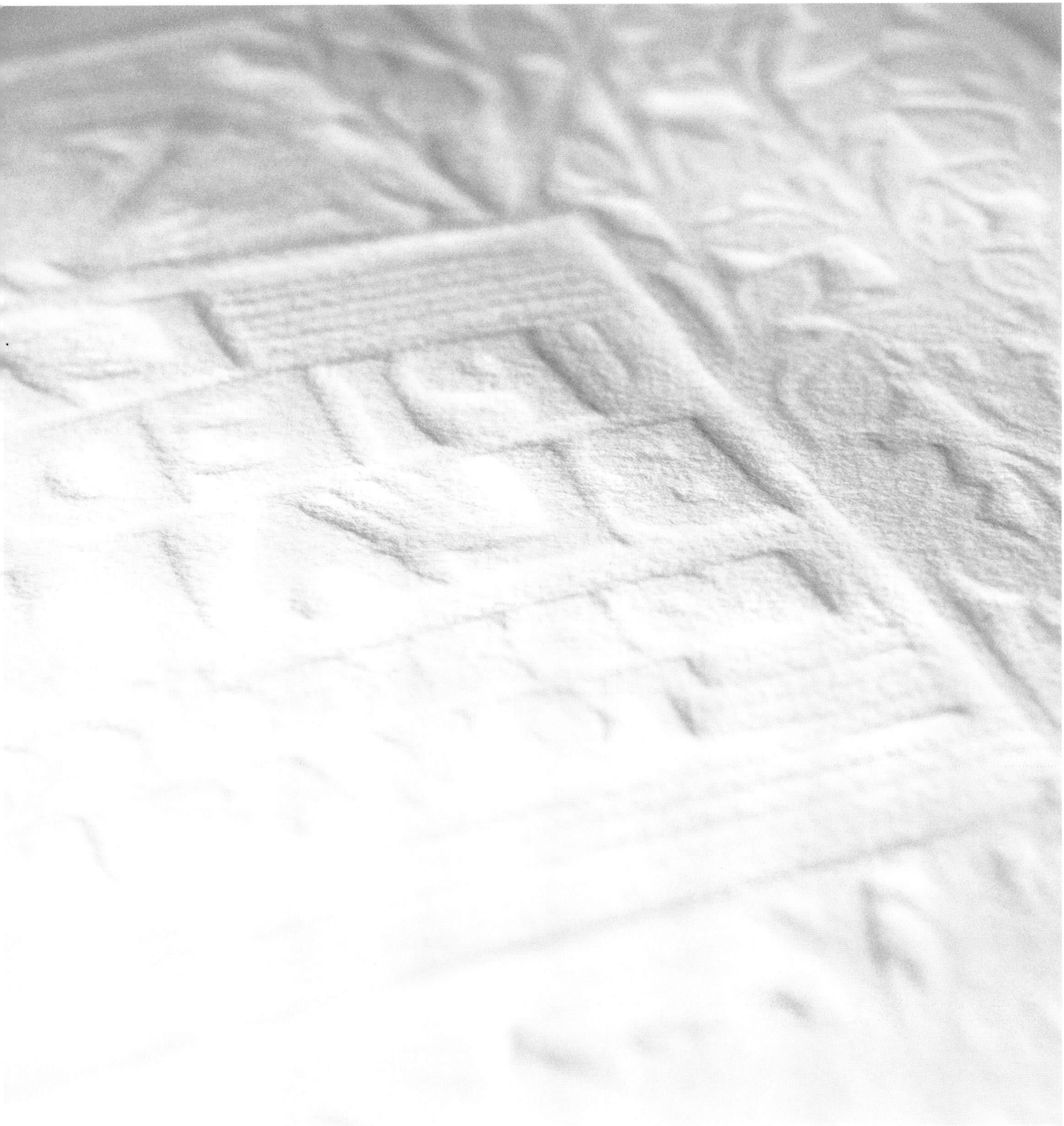

Papel certificado por el Forest Stewardship Council®

Primera edición: mayo de 2025

© 2025, Rodrigo Cortés, por el texto
© 2025, Tomás Hijo, por los grabados y las fotografías
© 2025, Penguin Random House Grupo Editorial, S. A. U.
Travessera de Gràcia, 47-49. 08021 Barcelona

Penguin Random House Grupo Editorial apoya la protección de la propiedad intelectual. La propiedad intelectual estimula la creatividad, defiende la diversidad en el ámbito de las ideas y el conocimiento, promueve la libre expresión y favorece una cultura viva. Gracias por comprar una edición autorizada de este libro y por respetar las leyes de propiedad intelectual al no reproducir ni distribuir ninguna parte de esta obra por ningún medio sin permiso. Al hacerlo está respaldando a los autores y permitiendo que PRHGE continúe publicando libros para todos los lectores. De conformidad con lo dispuesto en el artículo 67.3 del Real Decreto Ley 24/2021, de 2 de noviembre, PRHGE se reserva expresamente los derechos de reproducción y de uso de esta obra y de todos sus elementos mediante medios de lectura mecánica y otros medios adecuados a tal fin. Diríjase a CEDRO (Centro Español de Derechos Reprográficos, http://www.cedro.org) si necesita reproducir algún fragmento de esta obra.
En caso de necesidad, contacte con: seguridadproductos@penguinrandomhouse.com

Printed in Spain – Impreso en España

ISBN: 978-84-397-4435-1
Depósito legal: B-4.617-2025

Compuesto en Penguin Random House Grupo Editorial

Impreso en Gómez Aparicio, S. L.
Casarrubuelos (Madrid)

RH44351